但听花闻

领舞之魂系列01

祝桑榆 / 著

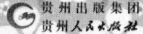

贵州出版集团
贵州人民出版社

作者介绍

- 祝桑榆 -
ZHUSANGYU

小花阅读签约作者

90后,摩羯座,也已经不年轻了。
爱音乐,多动症,一个矛盾的存在。
喜欢青山七惠,等待一个人的好天气。

作者前言
ZUOZHEQIANYAN

桑 榆 与 小 花

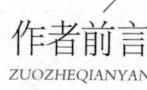

第一次见到小花的时候,刚看完一部电影,正在思考人生,一边哭得稀里哗啦的,一边发微博,然后就看到这么一条,说:"世界你好,我是小花。"

当时还没哭完,就觉得开心。

像是下雪的时候走在路上,忽然看见路边石缝里冒出的一朵小白花,摇摇晃晃的,想拍下来发给所有人看。

可是她们大概比我更早发现吧。

东隅说好。

时屿搓手。

而我总是有说不完的话。

于是三个人不约而同地，有了既定的方向，也有了努力的目标。

至于中间是怎样一步一步与小花相遇的，就这么一条路，来来回回反反复复地走，总能走到地方的。

这是东隅教给我的。

哦，对了，那天看的电影是《麦兜当当伴我心》。

于是落笔的时候就在想，这会是一个什么样的故事呢，不如音乐吧。《麦兜》里那只五音不全的小猪抖着腿唱道："我愿像一块扣肉，我愿像一块扣肉，扣住你梅菜扣住你手……"

多美好啊，我愿与你共扣着度余生。

就像故事里说的，巴赫的大提琴无伴奏组曲，总是形单影只，直到这首曲子遇见了"麦兜"。这首曲子在用它最笨拙的方式给麦兜最长久的陪伴。

不如……就写这么一个故事吧。

我并不是特别懂古典音乐，于是在写这个故事的时候，每天都在循环着贝多芬、莫扎特，听着各种交响曲，说白一点有一种附庸风雅的感觉。

特别是外面时屿的歌单随时随地播放着当下流行音乐。心想，还是简单点好啊。

就像故事里的爱情一样，明明就是很简单的我爱你，再怎么千回百转也不如我爱你。

所以，我把所有我能做到的，都做了。

总之这个故事经历了不短不长的一段时间。

期间还见过小花一次。露露安静、琳达热心、小仙女的仙气飘飘以及伞哥的笑，都恰好是那个样子。

就是之前想过的，最好的样子。

不过那个时候的桑榆树还只是很小很小的小树苗，过了这么久，在若若梨姐姐和苏总的拉扯下，小树苗已经不是之前的小树苗了，她会长成一棵大树吧。

就像当时看到的石缝里摇曳的那朵小白花一样，可能不知道它的名字，却无比笃定，它会长大。

所以，有关小花，千言万语到头来只剩一句话——遇见你真好啊。

遇见你真好，可以告诉在茫茫人海中相遇的每一个人，悄悄告诉他们，小花啊，那里椰林树影，水清沙白，那里有很多故事，特别好。

祝桑榆

小花阅读

领舞之魂系列

▼

但听花闻

祝桑榆 著

标签：交响乐指挥家｜绝对音感小提琴少女｜天才与笨鸟的逢魔时刻

内容介绍:

　　因为一场意大利音乐盛宴，池遇喜欢上了年轻有为的交响乐指挥家——陆择深。

　　为了有朝一日能和他同台演奏，她不仅努力学习小提琴，还特意选修了陌生的意大利语，美其名曰："全世界那么多种语言，就想听懂他说话。"

　　只可惜智商不够，成绩难凑，她最终成了毕业困难户。这时，在她的影帝哥哥的助攻下，遥不可及的陆择深居然来到她身边，亲自指导她！？

　　她不可抑制地动了心，却苦于自己还不够优秀，不敢站在他身边。

◆

深春犹在

祝东隅 著

标签：小八岁的未婚妻｜昔日网球男神｜我可能是在带孩子

内容介绍:

　　她没有正儿八经喜欢过别人，小时候暗恋多半也是无疾而终。她遇到的这些人里，傅衿息是最优秀的那个，他比她大八岁，误会她之后会认真道歉，见她受欺负会替她出头，愿意到学校等她下课接她一起回家……有他在的每一天，都很绚烂，这是她的青春，最好的青春。

小花阅读

领舞之魂系列

▼

雪球之舞

祝迟屿 著

标签： 和粉丝谈恋爱 | 乒乓队小霸王 | 我有一群八卦队友

内容介绍：

　　一场机场告白的乌龙，她稀里糊涂地进入了他的人生，看着他训练，陪着他经历禁赛风波，被误会被辱骂。在队里是桀骜不驯的"头狼"，在她面前却会变成撒娇卖萌的"哈士奇"，赢得比赛，会第一时间跑向她拥抱她。

　　我们能相爱，这是上天给我的最好的安排。

◆

花道之光

野桐 著

标签： "冰刀传奇"转职当影星 | 冰上复仇之战 | 坠入深海的秘密

内容介绍：

　　五年前，他是全国的"冰刀"传奇，可一起沉船事故，不仅葬送了他的冰刀生涯，也让他失去了恩师——珊妮昊。

　　五年后，他是当红电影小生，各大经纪公司争夺的宠儿，却被迫卷入一场冰刀"复仇"之战，点燃战火的正是恩师的女儿席琰。

　　她说："简言之，你夺走了我的母亲，抛弃了她挚爱的冰刀，我誓要让你失去一切！"

　　他从未想过她会这么恨他，更没想到他们的命运从此紧紧地连在一起……

Contents 目录

001/	第一乐章	德尔德拉《纪念曲》
031/	第二乐章	旦尼库《云雀》
052/	第三乐章	门德尔松《E小调小提琴协奏曲》
090/	第四乐章	圣桑《引子与幻想回旋曲》
123/	第五乐章	克莱斯勒小提琴协奏曲《爱之喜悦》
151/	第六乐章	马斯涅《沉思》
183/	第七乐章	塔尔蒂尼《魔鬼的颤音》
209/	第八乐章	维尔海姆《圣母颂》
226/	第九乐章	C&L《重叠的乐章》
237/	番外一	好想遇见十几岁的你
244/	番外二	风吹柳絮,茫茫难聚
248/	祝桑榆写给好朋友木当当的文档	

第一乐章

德尔德拉《纪念曲》

01.

手机在桌子上响起来。

池遇从被子里探出一只手,在触手能及的地方来来回回摸了个遍,也没能把那首《糖果仙子之舞》给摁掉。

她索性掀开被子坐起来,花了三秒钟适应从梦里到现实的落差,然后狠狠地瞪着桌子上边唱边跳的手机。

果然,三十秒后,音乐无缝衔接地又响起来。

池遇赤着脚跳过去,屏幕上的"池常筝"三个字让她瞬间清醒了。她倒吸一口气,下意识看了眼时间,下午四点。

从昨天晚上十点睡到现在,很好,又破纪录了。

作为一个临近毕业却对未来毫无打算与规划的寄生虫来说,居然还有脸在寝室睡成这样,要是被池常筝知道的话……

应该会被赶出家门吧。池遇想,虽然现在的自己跟无家可归没什么区别。

她清了清嗓子,极力做到尽量使自己的声音听起来不像刚睡醒的样子。她接起电话,郑重其事地喊了声:"妈。"

"醒了?"

池遇喉咙哽了一下,气势下去一大半,闷声闷气地"嗯"了一声。

池常筝有时候还是蛮了解她的。而池遇明明已经做好被说教一番的准备了,却并没有听到预期里的冷言冷语。

电话那边的她听起来似乎心情还不错的样子,说:"下周一晚上回来吃饭。"

算不上祈使句,是命令语气。

池遇有些意外,怎么想都觉得是场鸿门宴,支支吾吾地想拒绝:"嗯……太赶了吧,下周一课挺多的,上完课就不早了,而且晚上还有一个……"

"闭嘴。"池常筝懒得听,"小川刚好回来,我喊他过来吃饭,你要是嫌太远就让他从机场绕个路去接你。"

小川……迟川。怪不得三个月没有让她回过家的池常筝会忽然打这么一通电话——原来她的大侄儿要来。

池遇似乎想象得到迟川假装无意地和池常筝提起:"要不让池小鱼回来一起吃饭吧。"

毕竟这个世界上除了她那伟大的表哥外,没人能让池常筝亲自设宴。

祸害!

"算了！"池遇一口拒绝，却没敢说心里的真实想法，只能瓮声瓮气地回道，"表哥他这几天应该挺累的，我还是自己回去吧。"

没办法，她现在一无所有，只能向宿主势力低头。

至于迟川，如果她回去被骂了或者被送到屠宰场了，那么这个锅一定得甩给他。

哪里没饭吃，偏偏要去她们家？

池遇拖拖拉拉地收拾好自己，准备出去的时候，室友叫住她："你毕业音乐会的曲子选好了吗？"

池遇算了算，还有三个多月就要毕业，而自己本专业的音乐会曲子，论文什么的进度条还是零，更别说另一个学位的论文和答辩了。

就好像点开了毕业这个人生链接，可是页面却怎么也加载不出来。

真丧气啊！她摇头："没有。"

室友舒了口气："那就好，我也没有。"

"哈？"池遇没来得及说话，就看见室友转头继续紧盯着电脑屏幕，眨眼之间喜笑颜开。

池遇有些蒙，偏头看了眼她的电脑，屏幕上正在重播昨天晚上的电影节颁奖典礼，西装革履的娱乐圈新晋影帝站在聚光灯下，举手投足间优雅得体，一言一笑似乎都能撩得迷妹们一片春心泛滥。

"天啊，我们家宝宝这么年轻就当影帝，好厉害！他好好看！"室友一边搓手一边嘀咕着，完全忽略了一旁正在酝酿着要不要接着说话的池遇。

宝宝……

那个人怎么看都不是宝宝好吧……

果然,"爱豆"都是自带圣光的,能洗涤一切烦恼和压力,哪怕明天天就要塌下来,只要现在这一秒能跟自己的"爱豆"共存,也是堪比拯救世界的力量。

所以这一秒,她的室友一定忘了过两个星期就要交论文初稿。

明明是祸害。

池遇张了张嘴,到嘴边的话还是转了弯:"那我走了啊。"

室友没听见,池遇关上门。

反正她也没写论文,两个人顶风作案比一个人来得更有安全感,且更有底气。

出了女生寝室就是一片小树林,方方正正很小的一片。听说是叫祈愿林,里面有一棵一百年的老树,什么品种池遇没听说过,不过据说很灵。

她沿着林子旁的路走出去,初夏的绿意苍翠欲滴。

不知道是不是有小狗钻进了林子里,窸窣之间只听见一片飞鸟振翅的声音,然后密密麻麻地飞出来一片。

池遇正在想着自己的论文题目是不是有些过火,这下被吓了一跳。

回过神的时候,才听见林子里传来一阵小提琴的声音,悠扬欢快,却曲不成调,依稀可以分辨出来是柴可夫斯基的《糖果仙子之舞》——她的手机铃声。

池遇停下来,这曲子比她拉得还要乱吧。她往林子里走了几步,透过密密麻麻的树看进去,是一个女孩子,穿着明黄色的百褶裙、果绿色的水手服，脸上花花绿绿的全是妆，五颜六色混在一起像是一堆糖果。

池遇又往里面看了看，才看见旁边还站着一个男生，他双手环胸斜靠在树干上，低着头看不清脸，只有一头金色的短发特别打眼。

昏黄的阳光透过熙熙攘攘的树叶摇摇晃晃地洒下来，照得他通透明亮。

池遇看了一会儿，皱眉。虽然她见过的艺术生不乏特立独行的，可在古典音乐这块还没有见谁这么嚣张跋扈的。

应该不是他们学校的。

"够了。"音乐停下来，池遇听见他的声音，属于很好听的那一种，低低沉沉的，像是大提琴。他直起身子，却是背对着她的，她依旧没能看见他的脸。

"你确定要跟我分手？"女孩子眼神倔强。

男生懒得说话，女孩子不依不饶："为什么？"

好一会儿，池遇才听见他的声音，毫无起伏："你小提琴拉得像是在拉肚子。"

池遇想笑，怕自己笑出声来，连忙后退了几步回到大路上。

拉肚子？池遇想了一会儿，忽然有些同情那个糖果女孩了。

至少她还没被人说过像拉肚子，只说像垃圾。

这话是迟川说的。

池遇从五岁那年开始拉小提琴。

那时候迟川九岁，去音乐培训班练钢琴，她就跟在他的屁股后面偷偷跑过去了。迟川不理她，她就坐在他的钢琴旁边睡觉。

也不知道培训班的老师是怎么看出她骨骼清奇的，带着她摸了两下。那时候，老师在还不知道她名字的情况下，就对来接他们的池常筝极尽赞美之词。

池遇现在还能记得那老师的原话，说："你这孩子太有音乐天赋了，绝对是可塑之才。你看她秀气的手指，对乐器的敏感度非常高，最主要的是，这年头碰见一个有绝对音感的孩子还真不容易。"

池遇看了看自己短萝卜一样的手指，也不知道一向睿智精干的池常筝当时怎么会听信那老师的一面之词，将她送去学乐器。

只言片语而已，池遇都不信，池常筝却信了。

于是，这事成了池常筝这辈子被骗得第二惨的事，老师说池遇是天才。可事实上，池遇现在连从这个学校毕业都难，什么绝对音感都是屁话。

二十一岁的池遇并没有什么绝对音感，有的只是绝对痴恋。

虽然十六年前，池常筝的一个决定给了她有关音乐的一个选择，但最终决定踏入古典音乐这条路的，却是她自己。

明明不擅长，笨得要死，可是为什么还是选择了这条路呢？

池遇想了很久，大概因为这条路上有她擅长的另外一件事吧。

比如说喜欢一个人。

对于池遇来说，这场永无止境的追逐就仿佛在山涧走钢索一般，一路云里雾里没有任何可以支撑的地方。尽管摇摇欲坠，尽管看不见尽头，可是只要确定他也在这条路上，就够了。

02.

池遇到家的时候,迟川已经来了。

他穿着黑色的裤子、白色的短袖 T 恤坐在沙发上,似乎瘦了点,但脸上轮廓更显俊朗,一副颠倒众生的模样。他朝她招手:"你是从水里游回来的吗,这么慢。"

"要你管!"池遇白了他一眼,对上正从厨房出来的池常筝的眼睛,语气立马软了下来,"妈。"

"洗手过来吃饭。"池常筝却看都不看她,目光落在迟川身上,声音软了几分,"小川也过来。"

"好的,小姑。"迟川站起来,得意地朝她挑眉。

池遇气极,究竟谁才是亲生的?

可这个问题在饭桌上更加凸显出来。

池遇不爱吃鱼,迟川喜欢,于是桌子上一个鱼汤一个红烧鱼。

池遇不吃葱,池常筝就在每道菜上撒了葱花。

池遇无聊地扒着白饭,听着池常筝和迟川你一言我一语好不温馨。她尽量减少自己的存在感。

可是……

池常筝不知道什么时候,忽然把话题转了过来,朝着池遇问:"工作找得怎么样了?"

池遇咽下一口饭:"妈,你不是教我吃饭时不要说话吗?"

周围气压顿时低下来,池遇立马怂了,小声嘀咕:"我不是,还没毕业嘛……"

池常筝顿时来劲了，放下筷子使劲教训她："当时让你选钢琴你不选，非得学小提琴，哪怕去学校教个书也是钢琴招得多！双学位也是，让你选外语，你给我选意大利语，你说，世界上有几个人在讲意大利语。"池常筝似乎气得不轻。

池遇垂着头半天说不出来话，心里却在默念，要是迟川再过十秒钟不出声，她一定告诉全世界，他睡过多少个女人。

十，九……五，四，三……

"小姑。"迟川似乎终于看够戏了，饶有兴味地笑着将目光从池遇脸上收回来，"池遇就交给我来教训吧，你晚上不是还跟朋友约了去美容院吗？现在应该差不多了。"

"我真是要被她气死了！"

迟川依旧保持着他一贯的抿唇浅笑，连着一双桃花眼也微微上挑，怎么看都是纯良无害的少年样子，可是桌子下的脚却毫不客气地踢了池遇一脚。

他就是这样，白脸黑心，阴险。

池遇默默记下这笔账，抬头看着他，眼睛里湿盈盈的一片。

迟川一看，估计自己再玩下去池小鱼真得哭出来了。于是，他便忍下来，对池常筝说道："小姑，我带池小鱼出去好好说说，省得在家你看了烦。"说完，他走到池遇旁边将她从凳子上提起来。

池常筝皱着眉不知道又要说些什么。

迟川已经拉着池遇跑了，还没忘顺手拿起沙发上的外套。

电梯直接到达负一楼的停车库。

池遇踱着步子从电梯出来，眼里的泪光瞬间掩去："迟川你是不是故意的！"她似乎是从牙缝里挤出来的声音，"你明知道她见我就得怼我，你还特地过来……"

迟川本来朝着停车位走去，听见她的声音又回过头。他眯起眸子，略带危险，直接打断了她后面一长串话，问道："你叫我什么？"

祸害！池遇在心底咬牙切齿，嘴上却不说话。

迟川笑了，格外妖孽："下次得叫哥哥，我好歹就你这么一个妹妹。"

可是哪里有这样喜欢以卖妹坑妹为人生己任的哥哥？池遇盯着他的背影，似乎要凿出一个洞来才罢休。

迟川打开车门，回头对上她的目光："看什么看，过来啊。"

"去哪儿？"

"你要是哪儿都不想去，那我们就回去接着吃饭。"

不要！池遇在心底呐喊，老老实实地走过来。

迟川无奈地叹气，伸手在她头上重重地揉了一把，顺势塞进车里："池小鱼，你少在我面前横，现在就把你卖了。"

池遇懒得搭理他，乖乖地系好安全带。

迟川坐进来，戴上墨镜衬得脸部轮廓更加细腻精致。

还是不是个男人？

池遇心里不屑。不过，她知道他从小就这样，在她正臭美的年纪，偏偏身边有这么一个哥哥，长得比自己还要漂亮，于是所有爱美的心思全泄了气。

不过好歹是自己唯一的哥哥,虽然是一个喜欢压榨自己的大骗子,可每次要挨打的时候,都是迟川将她从池常筝的魔掌下拉出来的。

小时候他拉着她一路跑,长大了他拉着她上车跑,只不过现在堵车了。

池遇趴在车窗上,看着外面霓虹灯光闪烁不停,商厦外墙巨大的广告牌上,西装革履的男人一头银白色的头发,软软地堆在一起,像是一层白茫茫的积雪。

纯黑的背景里,他微仰着头,淡淡的一束光照亮他坚毅的下颌线和喉结性感的弧度,眼角微微上挑,目光斜斜地看过来,慵懒而勾人。

池遇咂舌,居然有人能把正派的服装穿出这种魅惑的效果。

她忽然想起今天下午在学校看见的那个金色头发的男生,然后又回头去看自家表哥,原来好看的人真的都是一个样,祸害人的模样。

迟川注意到她的目光:"看什么?"

"你头发什么时候染回来的?"池遇问。

迟川想了一下,才明白她问的是什么。

这时绿灯亮起来,迟川发动车子道:"怎么,白色好看吗?"

池遇最后又看了眼广告牌,这一次瞥见了旁边的一行小字,上面几个字她没看清,不过下面四个字却准确无误。

影帝——迟川。

03.

迟川是十七岁在乐器店给池遇买小提琴的时候火起来的,池遇在小提琴区试音，迟川就坐在橱窗边钢琴伴奏。

明媚的冬日暖阳，漂亮的钢琴少年。

路过的杂志社编辑拍了照，于是，某本杂志封面上的钢琴少年瞬间成为热点。

不过，池遇一直以为迟川的走红只是一时风头而已，况且他自己也一直是懒洋洋的样子，谁都没觉得他把这回事放在心上。

谁知道他二十岁的时候，接拍了一部电影，叫《THE FIRE》，饰演一个谋杀自己继父的十七岁少年，从此一炮而红。

昨天还凭借另外一部电影去大洋彼岸拿了个影帝回来。从一开始的翩翩少年，钢琴王子，到如今实至名归，谦逊有礼的影帝，许多人称他为天才。

可在池遇看来，不管别人眼里的迟川多么闪闪发光，到她这里永远都只是那个一肚子坏水的大骗子而已。

车子驶进地下车库，转了半天找了个莫名其妙的位置停下来。

池遇看了看周围，是车库最里面的一个角落，前面和左边都是墙壁，右边还有一堆乱七八糟的器材。没什么光，看不清东西，而进来的地方，总觉得稍不注意就会有车堵住出路。

"大家都以为你还在国外，不用这么隐蔽吧。"池遇解开安全带，跟在迟川后面下了车。一不小心踩到地上一堆乱七八糟的杂物上，差点崴了脚。

迟川眼睛向后瞥了她一眼，一把将她提到前面："眼睛长在头顶了？"

池遇无言，就这么一路被他提进电梯，然后上了二十三楼。

二十三楼似乎是一家西餐厅，人很少，消费很高。

池遇狐疑地看着迟川："你想干什么？"

"请你吃饭。"

"无事献殷勤，非奸即盗。"池遇扒着电梯不肯出来。

迟川走到前面的步子又退回来，微弓着腰看着她："来，告诉哥哥，这个星期吃了几顿饭？"

池遇想了想，她忙着毕业，忙着找工作，好像还真的没吃什么饭。刚刚的一顿，还被眼前的祸害给搅没了。

"我的宝贝妹妹都瘦成这样了……"迟川格外心疼地"捏"着她的手腕，在她尖叫出声的时候将她拉过来，径直往包厢走去。

过分奢华的单间里，夸张造作的水晶灯在头顶愣是亮出了钻石的光，池遇伸手挡住眼睛，完全摸不清迟川的用意。

而迟川进来也不看她，脱了外衣，摘了墨镜，自顾自地对着镜子整理着被风吹得有些乱的头发。

池遇百无聊赖地走到窗边坐下来，抬头往外看，刚刚在车上看到的那个广告牌正好就在自己的眼前，不偏不倚。她有些怀疑迟川是不是故意的。

"好看吗？"迟川状似无意地问。

池遇咬牙切齿地揉着手腕："好看，全世界你最好看。"

"是吗？"迟川停下手上的动作，饶有兴味地问，"那他好看还是我好看?"

他?哪个他?

池遇一顿,随即觉得自己的反应有些过激了,她想了想,还是觉得在迟川面前不说话最保险。

可迟川却并不打算放过她,池遇心里哪怕是一闪即过的小心思他都能抓得准确无误,更何况她现在的表情实在是……欲盖弥彰。

迟川眯着眼睛走过来,问:"你紧张什么?"

"?"

"你以为我说谁?"迟川慢慢悠悠,故意等到她脸憋红了才气定神闲地说,"我问的是照片上的哥哥好看,还是你面前的哥哥好看?"

池遇咬牙:"就是你啊,你可是影帝,你最好看。"

迟川按住她脑袋狠狠地揉:"油嘴滑舌的技巧倒是学得一点也不差。"

"谁让我的室友是你的头号大饭。"池遇揉着头小声嘀咕。就是那室友,每天教科书一般的迷妹姿态,对着视频尖叫搓手,夸天夸地,动不动就是迟老师迟老师,颜吹声控,好像迟川就是按照她心里的模子来长的。

就算池遇没少在她的面前编排迟川的坏话,室友也能义正词严,深情款款地反驳:"喜欢一个人,哪怕他有病,你都觉得他可爱,但要是不喜欢了,他做什么感觉都有病。"

池遇不明白,因为她喜欢的人才不会跟迟川一个德行。

迟川在她对面坐下来,跷着腿给自己倒了杯水:"算了,跟我说说最近在忙什么。"

"没什么。"池遇回过身。

迟川抿了一口水:"那找不到工作,毕业后去哪儿?"

池遇心里一顿,表面上却不动声色:"总不会饿死吧。"

"古典音乐界我还是认识一些人,你可以考虑求求我……"

"不要。"池遇一口回绝,"我学小提琴又不是为了搞音乐……"

"那是为了什么?"迟川不怀好意地拉长了尾音。

处对象。这三个字池遇没敢说,脱口而出的是早就准备好的答案:"当老师啊。"

池遇脸不红心不跳的谎言对付得了所有人,却瞒不过迟川。

"小学老师需要你学意大利语?"

真是哪壶不开提哪壶!池遇瞪他:"讲道理,你把我从我妈那里拉出来,我刚准备感谢你,结果你跟我说你是我妈的内奸?"

"我只是觉得小姑说得没错。"迟川靠在凳子上,挑着眉,手指敲着桌面,"学哪种语言不好偏要学小语种,全世界那么多人,有几个人会讲意大利语。"

池遇深呼几口气:"可是全世界那么多人,我就想听懂他说话而已。"

"他?"

他,迟川是知道的。

全世界池遇就喜欢了那么一个人,从十六岁到二十一岁,始终没有逃过迟川的眼睛,当然也逃不过他的嘲笑和挖苦。

池遇一拍桌子,站起来:"对,就是他!陆择深!"

全世界那么多人，就他最好看。

全世界那么多种语言，就想听懂他说话。

敲门声随着池遇刚落地的话音如约而至，随后漆红色的门被拉开。

池遇看过去，表情瞬间僵在脸上。刚刚的一腔英勇像是过分膨胀的气球，在看到他的一瞬间"嘭"的一声，炸了。

池遇不是不知道怎么反应，是根本无法反应，眼前的人仿佛穿越了千山万水，不再是心底那个百转千回的影像。他忽然而至，在这里和她呼吸着同一片空气。

可是，他怎么会出现在这里呢？

陆择深，怎么会在这里？

陆择深穿着黑色的西装，一丝不苟，似乎是特地打理过的，比起迟川将西装穿得魅惑众生，陆择深要更稳重一些，有些禁欲。

池遇偷偷看了眼迟川，他脸上若无其事的笑意，好像这场相遇本来就是偶然而已。

池遇顺着他的目光将视线移回去，刚好对上陆择深的眼睛。

一瞬间视线交汇，池遇只觉得笑也不是，哭也不是，脸上的四十四块肌肉好像是疯了一样抽搐起来。

"来了？"迟川的声音响起。

陆择深走过来，声音是巴松管的低音区，浑厚低沉："不好意思来晚了，路上有些堵。"

他把目光移到一旁正襟危坐的小姑娘身上。

迟川跟着看过去，眼角上挑，表情极其虚伪，假装正在考虑要怎么介绍:"这个是……"

池遇这才回过神来,从凳子上跳起,抢了迟川的话,小心翼翼地朝陆择深鞠了一躬:"陆择深你好,我是池遇。"

她一直低着头,所以没看到他的表情,只听见他的声音,他用字正腔圆的中文发音说:"我知道。"

知道?

池遇有些意外地抬起头,上扬的视线刚好撞进他的眼睛里。

眼波流转,陆择深解释:"经常听迟川提起。"

池遇有些失望,牵强地笑了:"那个,他也经常跟我说起你。"

两人看向迟川,迟川摊手,若有所思地笑:"我比较忙,记性不好,既然你们都这样说,那我应该是提过你们。"

两个闷肠子,真好玩!迟川想。

04.

池遇不知道迟川葫芦里卖的什么药。不过,他每次露出这种笑容的背后,总是一肚子坏水。

陆择深坐在迟川的对面,池遇坐在迟川的旁边,明着说是一顿饭局,可是怎么看都觉得是他们兄妹俩在套陆择深。毕竟在她看来迟川的意图已经很明显了。

浓浓的愧疚感在心里蒸腾。

迟川忽然开口,一本正经:"小姑娘刚跟妈妈吵架,闹离家出走,来的路上看见她蹲在路边,就顺手捡过来了。"

影帝了不起？！

池遇转眼，目光所及的人正垂眼拿起杯子，握着杯壁的指节修长，嘴角微扬，看不出在想什么。

池遇心虚，还有些气，低着头，桌子底下的脚去踢迟川的腿。

结果迟川只是抿唇一笑，倒是陆择深忽然抬眼看向她，递来一个意味不明的眼神。

池遇有些蒙，难道踢错人？

她问："是你？"

"嗯？"

陆择深似乎不明白她在说什么。

迟川在旁边憋着笑故作正经道："池遇，你踩的是我。"

陆择深明白了，问她："有什么事我不可以听？"

"不是不是……"池遇急忙摆手，正想着措辞，迟川的工作电话在桌子上响起来了。

"我接个电话。"迟川站起身来走向门口。

池遇看着他的背影心中愤愤。

套路！迟川怎么会有这么多套路呢？

果然，迟川接完电话回来，耸肩，嘴边的两个字和池遇心里想的一模一样："工作。"

"很急？"陆择深问。

"嗯。"迟川应，"知道你要回国，我可是偷偷赶回来为你接风洗尘的，现在经纪人快找疯了，再不赶回去可能要报警了。"迟川说着，看了池遇一眼。

"你要去哪里？"池遇顺势问。

迟川笑："怎么，舍不得？"

"……"

"平时也没见你这么关心我的行程。"

"……"池遇觉得自己牙都要咬碎了。那是！平时也没见你这么有所作为啊。

她大概知道迟川的用意了，将肉放到她面前，顺便把刀递给她，就等着她随意宰割了。

可是人总有这样一种综合征，明明心心念念了很久，终于得到的时候，却迟迟下不了手。这不是忽然觉得对方不重要了，是觉得自己所看到的皆属虚幻，不过是自己的想象。她需要多一些时间来确定，他真的可以属于自己了。

据说，这叫"舍不得综合征"。

迟川将车钥匙放在她的手里："菜都点好了，很贵的，你吃完自己回去，至于我们陆先生……"他越过池遇看过去，"就不指望你招待了，你控制自己不要惹麻烦就好。"

"……"

控制自己不惹麻烦，怎么控制？

池遇心里对迟川鞭尸一万遍，却始终不敢回头。她似乎能想象得到陆择深坐在那里，淡定而优雅，深邃的目光里不外泄任何情绪。

这一刻，池遇才记起来迟川很久以前跟她提到过的事——陆择深不喜欢说话。

她抬头，果然，他像听不到，她也看不懂。

池遇忽然有些低落，迟川却笑得人畜无害："那我走了？"然后又看向陆择深，"我妹妹交给你了。"说完，他朝池遇眨了眨眼。

池遇眼睁睁地看着自己的浮木漂走了，而自己漂泊在一望无际的海面，回头无岸。

认命吧，池遇，你现在明明高兴得能跳十个小时的广场舞，何必装矜持？

池遇在心底为自己打气，可坐在陆择深的对面时，还是如坐针毡。

窗外是车水马龙的声音，池遇的呼吸有些紊乱，摇晃不定的视线像是撞进瓶子里的无头苍蝇，最终还是免不了撞进他的眼睛里。

"你很紧张？"

池遇有些愣，陆择深却看向窗外，好久才又接着说道："我不吃人，你不用怕。"

池遇干笑，好久才说："我怕……我吃了你。"

一瞬间，房间陷入诡异的寂静中，池遇看着陆择深黝黑的眸色，仿佛能听见自己的心跳声。

一定有什么在驱使她吧。一定是的，否则她怎么会变得这么轻浮？可是现在的沉默是什么呢？池遇在心里暗暗想。

她试图从那双第一次见面起，就对任何事都不起涟漪的眼睛里找到一丝不一样的情绪。

但最后，池遇放弃了，她只想咬断自己的舌头。

她忽然想起第一次见陆择深的时候，那是在四年前，准确地说是1652天前。

那一年她高考完，迟川带她去意大利。

池遇有些意外，但是现在想来迟川和陆择深其实是早就认识的，不然那个时候，一向对古典音乐兴致寥寥的迟川，也不会带着她去听管弦乐演奏会了。

她就是那个时候看到陆择深的，他站在乐团最前方，修长挺拔的背影，力度饱满而富有节奏的指挥棒在他手里摆动跳跃。

对，陆择深是一个指挥家。

池遇的毕业论文《浅谈小提琴奏鸣曲中的小提琴与指挥》中的小提琴指的是自己，指挥则是他。

在池遇的理解里，指挥家是诠释者，他必须是一个完美的音乐家，对于总谱的每一个细节有深入的理解，并具有把这种理解传达给他人的能力。从而把乐曲塑造成一个统一的、令人信服的整体，演奏出最美妙的音色。

池遇也不知道，为什么会在第一个音节响起的时候就沉浸其中。一直到演奏结束，他回过头的那一瞬间，池遇才知道，这大概是命中注定吧。

她就像一个个浮在空气里的乐符，找不到落点，直到遇见他，才渐渐落定成一首完整的曲子。

注定要遇见你。

池遇忽然理解了迟川的粉丝说的那种被击中的感觉。

不管是一时兴起，还是真的喜欢，她就是心动了。

演奏会结束后便是酒会，而迟川向来卖得一手好妹妹，他推来推去最后将池遇推到台上拉了一曲小提琴。

池遇琴艺不算太糟糕，换作平时勉强也能露一手，可那个时候的她因为高考，大概有三个月没有碰过小提琴了。

她有些不安，演奏时，她看见陆择深和迟川一起站在角落里，手里的红酒杯映得他双目通红。她一个分神，演奏现场就成了车祸现场。

在场的异国人士表情各异，十分丰富，却都带着一丝一言难尽的神色。

池遇大窘，下来的时候脚下高跟鞋一崴，谁都来不及扶她——池遇结结实实地摔了一跤。过了好一会儿，她自己爬起来，有一瞬间目光扫过陆择深，他依旧淡定优雅，薄唇印上玻璃杯，沾了些酒水。

果然童话里都是骗人的，根本就没有白马王子会来接住她。有的只是迟川这个大骗子在旁边笑得灿烂，他露出一口洁白的牙说："池小鱼，你这样会让异国人士误会，咱们中华民族的礼道的。"

池遇觉得羞愧难当，站起来躲在迟川的背后不肯抬头："迟川，你浑蛋。"

然后她就听见了陆择深沉沉的声音。

那么多的音色里，她独独抓住了弥漫在他喉结低沉的嗓音和唇齿间陌生的音节。

可惜，他说的是意大利语，她一个字也听不懂。

但池遇头一次觉得，意大利语的发音原来这么好听。

池遇就这样躲在迟川旁边看了他整整一个晚上。

仅仅一个晚上而已。

他的轮廓、他的声音、他举着酒杯微微笑着的样子，却悉数地烙在了池遇的心上，尽管他们的目光一次也没有相遇。

回去的飞机上，池遇看着那个渐渐变小的国度，藏在心里的轮廓也越来越清晰。

人与人之间，有无数种相遇的可能，只有你，是我必不可少的再相遇。

而世界上有这么多种语言，我却独独想听懂你说的话。

于是，她决定了一件事。

她继续拿起了小提琴，并且选了一门从来没有接触过的外语。

毕竟对于她来说，一个决定做出的快慢与否不在于自己，而在于迫使自己做出决定的那个人有多重要。

那个晚上，她只用了一个小时的时间来确定陆择深在她的人生中的位置。

因为他，她的日月星辰交错更替，细胞七年全部更新。

只有他，在她长久以来的时光里，无可取代。

05.

漫长的沉默，最后是服务员打断的。

黑色小马甲的服务员托着餐盘次第而进，陆择深替她摆好餐具，说："先吃饭。"

池遇点头，顺手摸了摸自己的脸，热度好像没有退过。

她看着桌上的餐具有些犹豫，余光瞥了一眼陆择深。

他用餐果然是很认真很优雅的那一种，和她截然相反。

池遇不敢造次，只能低着头机械地用叉子转着盘子里的意大利面。

以前，她在脑海里排练过无数次见到陆择深的场景，比如夏天傍晚的夕阳里，他站在她一抬眼就能看见的地方。

她背着小提琴，对他："Signore,Buona sera."

然后他会朝她微微一笑。

风在摇它的叶，草在结它的种子，就像诗中那样，他们这样站着，不说话都很美好。

可是诗里的话，都是骗人的。

不说话，至少现在看来，很尴尬。

池遇有些受不了这样的安静，没话找话道："我以为……你不会说中文。"不过话说出口，她便后悔了，她很明显地看见陆择深顿了一下，然后放下餐具，看着她。

"我长得不像中国人？"

"不是不是……"池遇慌忙摇头，"就是第一次见你的时候，你说的都是意大利语。"

陆择深想了一下，似乎有点不记得了。

池遇又补充道："没有啦，我就是觉得你意大利语的发音很标准，也……"很好听，这三个字没有说出口。

陆择深声音淡淡的:"我在那里长大。"

这一瞬间池遇想拿东西堵住自己的嘴,她有些牵强地笑道:"啊,对哦,我……听迟川说过……"

陆择深似乎并不在意:"他还说你学过意大利语。"

"一点点。"池遇一边捏着手指比画,一边在心里咒骂着迟川这个大嘴巴。她学会的真的只是一点点,大概只够和他说话的那种。

忽然,她想到陆择深进来之前,她昂首挺胸说的那些话……这么说来,他能听懂?

池遇悄悄地看了他一眼,又安慰自己,他应该没有听见吧。

陆择深没有再问下去,四周忽然又静止下来,只剩池遇手里的叉子和餐盘碰撞的声音。

可是,池遇明明还有好多想说的,比如,想问问陆择深,你还记不记得四年前,晚宴上小提琴拉得烂透了的女孩?你知不知道她后来有好好学习小提琴,虽然依旧不怎么好,可是她真的很努力,还想再拉一次给你听?

可是,她说不出来。

千言万语都揉碎在心里,只剩下看你的时候,小心翼翼的眼神,以及在心里反反复复一笔一画,写着的 *Ti Amo*。

池遇吃了这辈子最忐忑的一餐饭,走的时候她站在门口,朝着陆择深深深地鞠了一躬:"谢谢你的招待。"

陆择深想了想,说道:"不谢,迟川的功劳。"

池遇愣了一下，暂时不去想迟川那只老狐狸。她本来指望着道别后先离开的，谁知转身进电梯时，陆择深也跟了上来。

池遇有些僵硬地举起手里的车钥匙："那个，你不用送了，迟川的车就在下面，我自己可以回去。"

"嗯，很巧，我的车也在下面。"

池遇大窘，对哦，停车场就这么一个。

可是，在她兜兜转转找到迟川停车的地方的时候，池遇瞬间明白了什么。

迟川那只老狐狸就是故意把车子停到最角落最阴暗的位置，现在路口被堵了，车子根本开不出来。

陆择深的车就在不远处，他远远地看着池遇，小姑娘站在原地，咬着下嘴唇，又生气又无奈。

他暗叹一口气，除了长高了点，头发长了点，其他的倒是一点都没变。

"池遇。"

池遇猛地一顿，好像从来没有一个人能将"池遇"两个字的发音念得这么好听。

她回过头，看着陆择深似笑非笑的眼睛，闷闷地应了声："在。"

"要我送你吗？"

要吗？要的话，岂不是显得自己很饥渴；不要的话，自己怎么回去？

"过来。"陆择深没给她太多的时间犹豫，声音在封闭的地下车库里回响，似乎从四面八方朝池遇袭去。

她抬头，停车场昏暗的光照着他，很像那一年舞台上橘黄色的聚光灯。

"嗯，过来了。"她小跑着过去，却没看见陆择深嘴角勾起的笑，有些无奈，似乎还有些宠溺？

陆择深的车子开得很慢，相比之下，迟川开车向来喜欢乱来，池遇少有的几次坐他的车都觉得是在拍《生死时速》。

池遇坐在陆择深的旁边，除了需要在意自己过分嚣张的心跳声，不用担心任何事情。

时间缓慢寂静地流淌着，狭小的车厢里弥漫着清清淡淡的香味，顺着四肢缠绕在心头，将她整个渐渐包裹起来，很舒服。

池遇闭着眼睛，又睁开。

陆择深看了她一眼："困了吗？"

"没有！"池遇连忙摇头。

陆择深："我有些困了，你陪我说会儿话。"

"啊？"池遇有些惊讶，想了想，"倒时差吗？"

陆择深看了她一眼，说："嗯。"

池遇忽然变得很开心，开始构思自己要说的话，可是脑袋里的思路却争先恐后乱成一锅粥，她根本不知道要从哪里开始说起。

倒是陆择深先开口："迟川说你小提琴拉得很好。"

池遇一愣，迟川从来没夸过她，偏偏在陆择深面前夸？

她硬着头皮道："还好啦……"

真好的话,就不会为毕业而烦恼了。

池遇虽然总觉得自己小提琴拉得不怎么样,可是当年艺考的时候却是艳惊四座,甚至被资深教授"一耳相中",破格录取到这所国内数一数二的音乐学院读书。

不过,池遇总觉得自己是靠迟川的关系进来的,对,就是关系户。她如果真有那么厉害,现在毕业也不会有这么多问题了。

"对了!"池遇忽然想起什么,"你……是不是在我们学校学习过一段时间?"

陆择深顿了顿,说:"是。"

池遇解释:"我在校史上看到过你的名字,指挥科,陆择深。所以……这么算来,你还是我学长。"

陆择深看她,似乎对"学长"两个字很有异议:"你很喜欢这层关系?"

他好像不是很高兴?

池遇急忙否定:"不不不,不是,我乱讲的。"

片刻的沉默后,陆择深说:"我听迟川说了你的事。我最近……刚好一直在国内,小提琴也懂一点,有什么需要的话,可以找我。"

"啊?"池遇有些不明白陆择深的意思。

陆择深提示道:"毕业。"

池遇立马明白了,低着头,情绪低落了许多:"所以你知道我小提琴烂到毕不了业了?"

陆择深看了她一眼,眸光很深,声音很轻:"你是这么想的?"

陆择深想起她曾经拉的小提琴曲,那个时候她才几岁?十六七岁吧，虽然有些紧张，但是这一曲足够让他惊艳了。

陆择深看向池遇，池遇也正好抬起头。

"……我不是。"她的眼睛里像是燃起了一丛小小的火焰，但又瞬间湮灭，"可是对我很期待的大家，后来都被打脸了。我不够聪明，学小提琴那会儿，花了三个月才认识五线谱，而现在连乐谱都记不住……"

池遇越说越觉得难过，更何况现在她身边的，是在世界上都小有名气的指挥家——陆择深。

他闪闪发光的样子让她无所遁形，又无处可逃。

"陆择深……你说，你跟我待了一晚上，有没有发现我其他闪光的地方？"池遇大胆问。

陆择深没说话，可是迟疑的眼神已经告诉了她答案。

"这样啊，我知道了……"

陆择深看着后视镜里她灵动的模样一瞬间湮灭，灰头土脸的样子像一只土拨鼠，开口说："相信我吗？"

"嗯？"

"我刚刚说的，你可以考虑一下。"陆择深转动方向盘，车子驶进小区门口，"你可以来找我。"

池遇明白陆择深的意思，但还是摆摆手："不用那么麻烦的，如果仅仅是毕业的话，跟老师沟通也没那么难。"

其实，她只是不想让他看到自己愚笨的一面而已。

车子停下来，池遇偷偷看了一眼陆择深，然后伸手解开安全带。她刚准备开口道谢，陆择深却抢先开口道："池遇。"

"在。"

车灯暗下来,那一瞬间池遇只能借着月光看清他的面容,细碎的光映在他脸上勾勒出明暗交错的光影,他说:"你该不会以为我真的相信迟川是从半路把你捡过来的?"

池遇一愣,没理解他话里的意思。陆择深却没再说下去,只道:"回去注意安全。"

池遇点点头:"哦。"

她下了车,顺着车灯的光往回走,一直到进了防盗门,站在电梯口,才敢侧头去看陆择深的车子。

他的车子在原地又停了一会儿,才掉头离开。

楼梯间的声控灯暗下来,只剩电梯楼层红色的数字,静静地停在三十六层。

淡淡的红光,微弱又耀眼地存在着,照不亮任何地方,却足以让人看见。

池遇眼神呆呆的,仿佛刚从一场梦里醒过来。

梦里,他就在自己身边,清晰得让她可以闻到他身上淡淡的海洋香榭的味道。

池遇长长地叹了一口气。

陆择深,你来得太快了。我还没有准备好,也没有把自己变得足够好。

尽管从见到你的那一刻起我就在拼命努力,可还是不想让你看见那个跟在你身后的小小的我,有些执着、有些倔强,还有些笨拙地挥舞着双手。

我希望你看见我的时候,我已经足够好、足够优秀、足够美丽、足够到可以站在你身边,而你不需要回头,我就在那里。

所以,陆择深,你不用来,你只要等等我就好了。
等我一个人努力成长起来,然后,来到你身边。

第二乐章

旦尼库《云雀》

01.

池遇最近都没有看见迟川,她还是从池常筝那里知道他一个星期前进组拍戏去了。

跑得倒快,池遇愤愤,至今对他抛下自己这件事还耿耿于怀。

不过算了算,她才意识到事情已经过去一个多星期了。

池常筝在电话里语气不善:"我跟小川的经纪人联系好了,下个月有个音乐会,你报个名,他那边再走走关系,应该能让你进一个管弦乐团。你再努力努力,说不定能拿到小提琴首席了。"

池遇大概根本没听池常筝在那边说什么,胡乱地应着,挂了电话便对着桌子上的乐谱发呆。

陆择深,陆择深。

她有些怀疑那一天真的是一个梦。对,执念太深就容易产生幻觉,就跟室友一样，整天看着屏幕上的迟川就觉得能跟他进行灵魂深交。

而她虽然没那么严重，但也有可能是快要被毕业逼疯了。

下午的时候，池遇去了练琴房。

这个时候，练习一般都是找到对应的辅导老师，老师一对一地指导学生。

池遇也有一个固定的老师——秦教授，就是当年发掘了她的才能，给她开后门进了这所学校的教授。

秦教授有四十多岁了，人到中年身材难免有些发福，他脾气很好，喜欢坐在一边摸着自己的肚子，一边听池遇拉小提琴。

他是第二个说池遇小提琴拉得好的人。

所以对于池遇的教学，他一直都是放养型的，让她按照自己的心情来，想怎么拉就怎么拉。

可是效果很明显，池遇拉了四年依旧觉得自己毫无起色，倒是多了许多原创曲。

那有什么用呢，迟川听了那些曲子立马给她报考幼儿园音乐教师资格证。他的原话："把你丢进幼儿园里教唱歌跳舞，应该能赚一百万吧。"

所以，池遇觉得自己再不济，也还是有条退路。

练琴房都集中在学校最西边的一栋楼，叫春花楼。

虽然名字听起来像个风月场所，但是确确实实是个练琴房，钢琴、小提琴、大提琴样样具备。大概是因为这栋楼离生活区很远，不会扰民，所以，学生们自己组建的乐团也常在这里练习，这里算得上是学生自由活动中心了。

池遇一路走过来，各种乐器的声音杂乱无章地充斥在耳边，来来往往奔跑的人让她觉得这里是小学生下课的走廊，期间还踢到不知哪位同学的电子吉他的长线。

池遇叹了口气，她虽然对授课地点没有什么要求，可是秦教授好像格外喜欢这个地方，每次单独辅导课都选在二楼的阶梯教室。

他说正因为这里鱼龙混杂，才能找到沧海遗珠。而池遇也不得不承认，秦教授教出来的学生个个闪闪发光，除了她。

她才不是什么珍珠，只是稍微圆润一点的鹅卵石而已。

不过待了这么久，池遇终于发现了一颗珠子。

她路过一楼第三个教室的时候，从各种乐器的演奏中，清楚地听到了一首钢琴曲——《D大调卡农》，它清脆流畅的曲调，仿佛是混在污浊中的一股清流。

她悄悄地走过去，透过虚掩的门缝看进去。

金黄的阳光落在黑白键上，游走于琴键上的是一双修长灵活的手，明明是轻快的曲子，他的节奏却慵懒舒缓，与众不同。仿佛是周末午后，太阳下猫咪懒懒地弓起身子，然后优雅地迈着步子踩琴键。

池遇猫着身子又往里探了点，逆光里轮廓渐渐显露出来，坚毅的下巴、薄薄的唇，然后是挺立的鼻梁和凌乱的金色发丝。

是他？

在祈愿林里看到的那个金发的青年？

还真是他们学校的?

池遇来不及惊讶,金发青年就已经看过来了,褐色的瞳孔在阳光下几近透明,嘴角扬起慵懒的笑意。

而池遇在他看过来的那一刻,就已经迈开腿,身体比思维更快一步地逃走了。

自己为什么要跑?

池遇没弄明白,转眼便撞上了一个行走的"大提琴"。

之所以这么说,是因为她并没有看见背着大提琴的人。看过去的时候,"大提琴"已经跟跟跄跄地朝相反的方向跑了。

池遇摔在地上,屁股像是被什么硌到了,很不舒服。她不知道是该揉脑袋还是该揉屁股,总之浑身疼得说不出话来。

"你没事吧。"慵懒低沉的声音从后面传来。

池遇龇了龇牙,回头看过去,刚刚的黄毛正环胸靠在门框上,似笑非笑地看着她。

池遇瞪过去,有事没事,他不是一眼就能看出来嘛。

池遇终于看清楚他的脸,不得不承认是很好看,也是极少数这么适合金色头发的长相。黄毛摊手:"你这眼神,是怪我的音乐太让人陶醉了,还是怪我没有过去扶你起来?"

池遇也不知道自己为什么对他这么大的怨气,大概是因为祈愿林那次的事,她对他印象并不怎么好。她皱眉,摸了半天终于摸到了硌着自己屁股的罪魁祸首,是一把口琴。

她捡起来,金属冰凉的温度在指尖漫开。刚准备站起来,却没注意缠住脚的长线,微微用力又带倒了旁边的电子吉他,一阵噼里啪啦的声音随之响起。

池遇紧闭着眼睛,捂住耳朵,一直到余音渐渐平静才放开。

再睁开眼时,黄毛已经站在她的面前,刀刻的五官更加清晰地在她眼前放大,他弓着腰伸出一只手,声音温沉:"要我扶你起来吗,我的大小姐。"

这人是不是有病?

池遇愣了一下,自己站起来,微笑道:"不用,谢谢。"

池遇转身准备走,又被叫住。

"喂?"他的声音很好听,有些不适合这种调侃的语气,"就算真是大小姐,弄坏了东西也是要赔的吧?"

池遇眼睛转了一圈,看着周围一片狼藉,深呼一口气,回过头来。

"首先,我不是什么大小姐,我有名字。"

"是吗?你说说,看我能不能记住?"

池遇不理,环着胳膊摆出十足的大小姐气势,继续说道:"然后这些弄坏的东西,你算算多少钱,我赔。"

"还真是财大气粗?"

池遇头一次觉得,跟人交流怎么就这么难呢,她泄了气:"说不说,我赶时间。"

"那好吧。"黄毛眯眯眼睛,算了算,"一万块,给你打个折,八千。"

池遇瞪大眼睛,有些不可思议地看他,长得还算人模狗样,可是怎么看都像是社会上的小混混,混进他们学校搞诈骗的!

池遇想告他。

黄毛笑:"你应该认识乐器的牌子,从你摔的这一堆看,吉他、圆号,我已经算便宜了。"

池遇偷偷地看了一眼,顿时哑口无言。

"我……"她想说她赔不起。

黄毛却挑眉:"你?"

"……"

"不如这样吧。"沉寂半天后,黄毛开口,"你告诉我你的名字,这笔账就清了。"

池遇有些不明白地看着黄毛。黄毛眼角上挑,放慢了语气,一字一顿地缓缓说道:"一万块,买你的名字。"

02.

池遇垂着头走进教室,秦教授似乎已经等了好久了,见她进来,他放下手里的书,推了推鼻梁上的眼镜道:"今天迟到了。"

池遇闷闷地应声。

秦教授似乎察觉出来什么:"遇到什么事了?"

池遇叹气:"遇到好多事。"

"迟川那小子呢,没有护着你?"秦教授以前也带过迟川,对于两兄妹熟悉得很。

"他?"池遇瘫在凳子上,"就是他把我推到火坑的。"

秦教授笑了笑,没有在这个话题上继续下去,他看了看窗外,走过来拿起池遇旁边的小提琴,说道:"毕业会的曲子,实在选不好,就这首吧。"

　　秦教授说着，拉了一小段，池遇记得，是贝多芬的《D大调小提琴协奏曲》。她虽然极不擅长记谱子，可是对于演奏出来的曲调却能瞬间记住。

　　"不过，有钢琴伴奏的话应该更好。"秦教授仿佛自言自语般，声音都扬起了调子。

　　"钢琴伴奏？"

　　"所以从现在开始，你就得去钢琴系找一个王子，一起练合奏。"秦教授厚重的镜片下，一双眼睛眯成了一条缝，闪着促狭的光。

　　池遇无奈："秦教授你不要调侃我了……"

　　秦教授意味深长地笑了，晃着脑袋打着节拍走到窗边。

　　池遇架起小提琴，拉出的曲子正是刚刚黄毛弹奏的那首帕赫贝尔的《D大调卡农》。

　　她闭上眼，似乎还能看见那双落在黑白琴键上的手，耳边轻轻扬扬的却不是清脆跳跃的钢琴声，而是慢慢悠悠的曲调，像是一位悠然自得的老者坐在太阳下摇晃着摇椅，看着时间静静流淌。

　　池遇第一次喜欢上这首曲子是因为麦兜，那只笨笨的小猪颤抖着声音说："好感动啊……想便便啊……"

　　然后她就会轻轻地跟着和了。

　　风吹柳絮，茫茫难聚；随着风吹，飘来飘去；我若能够共你走下去……

　　池遇拉完一曲，秦教授的视线从镜片的角落挤出来，看着她说：

"你知道……钢琴系的许召南吗?"

"许召南?"池遇不认识。

秦教授却没再往下说,看着门外的方向,池遇顺着他的视线看过去,一眼就看见了门口的陆择深。

比起上一次见面时西装革履的装束,陆择深这一次穿得显然要随性很多,深色的休闲外套,简单的内衬,身形挺拔修长。

池遇有些慌:"陆择深?"

陆择深眉心微拢。

池遇忽然意识到什么,迅速地将小提琴背在身后,似乎这样就能证明刚刚那首乱七八糟的曲子不是自己拉出来的。

"你怎么在这里?"她问。

"顺路过来看看。"

秦教授走近,低着头透过眼镜看了几眼陆择深,朝着池遇意味深长道:"你朋友?"

池遇想点头,又觉得不对,想说学长,又想起这话被他否认过。

原来到现在,她还是没有办法描述两人之间的关系。

她顿了顿,最后说道:"迟川的朋友。"

"那是过来找迟川的?"秦教授向来八卦,现在更是不依不饶了。池遇无奈,将秦教授往外推,说:"秦教授您先回去吧,接下来我自己参透参透就好了……"

池遇铆足了力气将秦教授推出去,秦教授被迫走到门口,眯着眼睛不怀好意地扫了他们几眼,还没来得及说话,便被池遇"嘭"的一声关在了门外。

一扇门,隔绝出一个完整的世界,而这个世界只有她和他。

池遇想,这是她第二次与他独处了。

琴房的隔音效果向来很好,两边的泡沫墙壁似乎吸走了世界上所有的声息。一瞬间只剩下自己心跳的声音,仿若擂鼓。

陆择深究竟为什么在这里,池遇唯一能想到的就是迟川了。

还是陆择深先开的口,他挑着眼角意味深长地问:"我是迟川的朋友?"

池遇有些蒙:"什么?"随即反应过来,却被看红了脸,"不是吗?"

你又不肯承认你是学长……我总不能说……你是我的什么什么吧。

"所以没有迟川就不肯来找我了?"陆择深迈开长腿往里走,池遇看着他的背影,心想不是不肯,是不敢,有迟川也不敢……

没听到声音,陆择深回头看了她好一会儿,才说:"你心里的想法看起来还挺多的。"

内心戏十足的池遇愣了一下,扯着嘴角笑着:"没有啦,我找你也没什么事啊。"

"小提琴比赛呢?"

"嗯?"

"迟川说你报名了神乐小提琴比赛。"

"神乐……"

神乐乐团不是那个国内知名管弦乐团吗?而且陆择深第一次参加指挥比赛带的就是神乐乐团……

池遇确定自己没有听错。可报名是什么时候的事?做梦的时候吗?

陆择深大概确定她是不知道了。

"我……知道。"池遇支支吾吾的。她才记起来池常筝给她打电话的时候好像提起过。不过池常筝绝对不会擅自管她这些事情，那么就是迟川没错了。

他还真是煞费苦心……

"我现在知道了……"池遇看着他，有些不确定，"那……你来这里……"

"你觉得呢？"

既然有迟川的事，她也能猜得八九不离十了。

陆择深是迟川专程坑过来教自己小提琴的。

"简单一点来说……"陆择深没等她开口，说，"从今天开始，池遇，要不要考虑一下我们之间的另一种关系。"

池遇愣了一下，另一种关系是什么……从校友关系变成了师生关系？

可是这都不是她想要的。

池遇假装矜持地摆手："不行不行，我学校还有一大堆事情没有做完……"

"可以一起教你。"

"可是你这么忙。"

"最近不忙。"

"那你肯定很贵吧……"

陆择深愣了一下，随即面无表情地缓缓说道："是很贵。"

那得多少钱啊……

池遇咬着唇不知道该说什么。不应该是这样的啊，她总觉得哪里好像不对，可是究竟是哪里呢？

陆择深看着她，见她终于安静下来才说："池遇，我被你拒绝了三次。"

"啊？"

"事不过三。"陆择深说，"以后你就不用说我是你哥哥的什么人了。"

他看着她，补充道："可以去掉他。"

03.

当天晚上，迟川的电话就打过来了。

迟川那边听起来很热闹，可是声音再嘈杂也盖不住他语气里的得意："怎么样，开心吗？"

他指的是他费了不少心思才请动陆择深这尊大佛，可是那边的小姑娘却并没有自己预料中的开心，语气似乎还有些低落。

"迟川，他不会闲到特地来教我小提琴吧……"

迟川笑："所以你觉得他为什么会来？"

池遇不知道："难不成你卖身了？"

"你哥哥从来不卖只买。"迟川调侃完，语气忽然变得认真起来，"池小鱼，你应该很清楚自己想要的是什么，不能总是缩在自己的壳里。陆择深这半年都在国内，放下你心里那些不纯洁的想法，他会是你最好的老师。"

"什么不纯洁,迟川你说话注意点。"池遇发泄完怒气,又没了底气,"可是……他要是发现我并没有那么好怎么办?他要是觉得我太笨了,不要我了呢……"

迟川叹了口气:"那我塞点钱,把你塞过去,他总会要的。"

池遇觉得今天迟川可能是吃错药了,虽然话不好听,可是意思她大概还是能听出来的。

有哥哥在,就不会有人不要你。

迟川在那边接着说:"乖,喜欢就去追,我只能把他送到你面前,可是能不能把他拐过来做我妹夫还是要看你自己。"

池遇羞愧:"你在说什么啊!"

"虽然性格有点差,但是这个妹夫大体上还不错,我觉得……"

"你闭嘴。"池遇不知道是自己太害羞还是容不得迟川说他坏话,总之让迟川闭嘴就对了。

迟川也忙着,不打算跟她聊了:"好了,我这边待会儿还要赶通告,最近不联系你了,有什么问题自己处理。"

池遇想,他大概又要跟哪家女明星传绯闻去了。

明明是一个连私生活都难以理清的大明星,却能将她保护得这么好。迟川在这一点上确实是一个好哥哥。

迟川这边有些头疼了。

在他看来,池遇大概是一枚贝壳,明明深藏着闪闪发光的宝物却不自知,她有足够的才华、足够的魅力,却总是用坚硬的外壳将自己藏在土堆里。

她是一个灰头土脸、有些不自信的小姑娘。对于怎么将她掰开，他已经有些无能为力了。所以迟川决定退位让贤，能者居上。

至于能者是谁，他说了算。

手机响了起来，他接起来，揶揄道："陆老师。"

陆择深在那边静了一会儿，问："很忙？"

迟川找了个安静点的地方："还好，"说完又问，"怎么样，我们家池小鱼接受陆老师了吗？"

"……"

"也是。"迟川从沉默里听出了答案，故意拉长声音，"你也知道我们家池小鱼的实力，所以她也很抢手的，最近不少乐团跟我联系指名要她，给你走后门，其实我也有些为难。"

"接下来还有多少通告？"陆择深忽然问道。

迟川莫名其妙："什么？"不过转眼便明白了，语气带着促狭，"阿深，你现在……是觉得我碍事了？"

他有些想笑，一向沉稳内敛，对什么事情都无动于衷的陆择深，现在居然像个毛头小子一样。

能看到这个人的另外一面，比拿奖开心多了。

迟川努力压住内心的兴奋，声音平静而严肃："让我不出现也可以，不过有几件事情我要交代你。池小鱼不喜欢表露自己真实的想法，往往脸上的情绪跟心里的截然相反，而且她这个人内心戏特别多，所以你……恐怕得花点工夫。"

陆择深那边没了声音，似乎正在很认真地消化这段话。

"还有，陆老师对池小鱼，可不能操之过急……"

"嗯。"

陆择深挂了电话。

迟川终于忍不住笑出来,靠在躺椅上对旁边的助理说:"两个榆木脑袋碰到一起,能碰出火花大概很不容易吧……"

"哎?"

"生活比戏精彩多了。"况且还是他导演的。

迟川嘴角勾起一丝笑意,如果可以的话,他真想看看陆择深现在的表情啊。

事实上陆择深现在并没有什么表情,他揉着太阳穴,并没有怎么把迟川的话听进去,更何况迟川的语气很反常带着阴阳怪气。

池遇,池遇……

陆择深在心里默念着这个名字,其实他大概一直都知道池遇要的是什么。可是这么多年过去了,她也不敢主动走到他的身边,既然如此,他只好牵着绳子把她拉过来了。

这个世界上的天才不多,她算其中一个,还是最笨的。

所以,他怎么都不能让她跑掉。而且他大概很需要她。

五个月后,他有一场重要的指挥比赛。他需要一个小提琴手,去打败一个指挥与小提琴的组合,那个组合属于打败过他的弟弟。

04.

池遇觉得这几天周围总有一股寒气围绕着自己。

陆择深那一天走的时候说等她想好了可以随时联系他。其实他前脚走，池遇后脚就考虑清楚了，她根本没有拒绝的理由。

她现在的确是很想联系他来着，又觉得太主动了不够矜持。最主要的还是担心自己吧，所谓"稍纵即食"，就是稍微放纵一下自己，她就可能整个人扑上去吞了他。

所以池遇这些天一直在纠结怎么抑制自己，怎么让自己在他眼里又矜持又美好，这一纠结就是两三天了。

池遇坐在寝室外的湖边，风吹着柳枝微微晃动，月光洒在湖面，像是一条银色的丝线。远处有三三两两的学生，躲在树下偷偷钓鱼。

她还记得第一次见到陆择深的时候，他站在乐团之前，首席小提琴是一个穿红色长裙的姑娘。

池遇后来经常会梦见那个红裙姑娘，可是梦里的那张脸，却是她的样子。

她拉着小提琴，偷偷去看陆择深，陆择深刚好也看向她，相视一笑，台下便是热烈的掌声。

啊……

今晚的风有些醉人，容易做梦，而她却因为这些遐想，格外开心。

一阵窸窸窣窣的声音在身后响起，池遇回过头，发现竟然又是之前那个黄毛。明明很好看的一张脸，可是池遇每次看见他，撞进眼睛的总是他的发色，实在是太嚣张了。

怎么说呢，像是杀马特王子。

杀马特是他的发色,至于王子……她不得不承认,他的确是当之无愧。

"嘿,大小姐。"

池遇瞥了他一眼,小声反驳:"我不叫大小姐。"

黄毛撑着手坐在她旁边,她却没心情理他。

"池遇。"他缓缓念出她的名字。

池遇看着他,他的视线却在湖面的那条银白色的线上,月光落在他金色的头发上,像是落了一层霜。

池遇愣了一下:"你知道?"

"我没什么不知道。"

"那你为什么总是乱叫?"

"我乱叫什么了?"

"……"池遇哑口,黄毛怪笑起来,露出一口细白的牙,"你不问问我叫什么?"

"爱说不说。"

池遇的态度其实已经好很多了。之前那场乌龙,她把自己身上所有值钱的东西都掏出来给了他,气冲冲地准备走,却又被他伸手提了回来。

池遇不明所以地看着他,她的饭卡里面虽然没什么钱,可是手表却是迟川送的,怎么着也是价值不菲吧。

可是黄毛只是笑笑,将东西塞回给她,说:"大小姐,这笔账我先记下,不急着还。"说完便留下了一个酷酷的背影,走掉了。

不过当时池遇也没当回事,只是自认倒霉碰上了一个杀马特。

哪知道杀马特王子可以阴魂不散这么久，池遇斜着眼睛看他："你是来找我讨债的？"

"你不说我还忘了……"黄毛双手手指交叉垫着后脑勺，靠在身后的树上，"既然你提起来了，我们就好好算算。"

池遇瞪他，可是天色太晚，情绪表达不到位，只能站起来，盛气凌人地站在他面前，居高临下地说："你少来，我一没钱二没貌，赤裸裸的一条命，你要不要？"

黄毛却考虑得很认真，半响才说："命不要。"

"那你只能亏本了。"池遇说完准备走，却被他忽然伸出的一只胳膊拦住了去路。

黄毛懒洋洋的声音响起来："不过我还能要点别的。"

池遇觉得自己碰上了一个无赖。

"你是学小提琴的吧。"

你怎么知道的？

池遇还没问出口，黄毛就将视线移过来，看穿了她的想法。

"我说了，我没什么不知道。"

"所以呢？"

"我们乐团刚好空了一个小提琴手的位置，我想……"他渐渐地靠近，懒洋洋的声音在她耳边缓缓响起，"邀请你。"

他突然靠这么近，池遇不禁脸红起来，不过还好夜色正浓，她有足够的阴影来隐藏自己的表情。她仰着头，带着点小小的骄傲说："我不去。"

黄毛安静了一会儿，忽然一声轻笑打破了沉默："大小姐，你是在害怕吗？"

池遇微顿。

黄毛接着说："放心吧，你觉得你配不上的是校乐 A 团，而我是 S 团。你这个能力在里面还是能混个首席小提琴的。"

"S 团？"

月光下，黄毛勾起嘴角神秘地笑着说："对，S 团。"

他们学校的乐团在古典音乐界也算小有名气，经常代表各大音乐学院参加各种国际演奏会，获奖不少。

从中走出来的很大一部分人，都成了独当一面的音乐家，比如指挥家陆择深。

而学校的门面担当乐团便是 A 团。其他的，还有一些管弦乐团，按字母顺序决定地位，比如这个什么 S 团。

二十六个英文字母，排在 S 位，地位可想而知，吊车尾。

池遇不明白地看着黄毛。黄毛无奈地叹口气，大概是没有见过表面上一言不发，心理活动却这么丰富的人。

他双手插着口袋，说："你的小提琴指导老师是秦教授吧？"

池遇抬头看他。

"他给我推荐的你。"

"所以，你是……"

黄毛嘴角的弧度渐渐扩大，他靠在身后的树上，看她："大小姐，你终于肯问我的名字了？"

"许召南？"

"对，许召南。"

池遇觉得好像忽然之间所有的机遇都砸向了她。有一种上天要成全她成为著名小提琴家的错觉，可是她对自己的实力还是有自知之明的。

她问许召南："你是认真的吗？"

许召南环着胳膊看她："怎么，没遇到过天上掉馅饼的事？"

池遇想了想，是没有，而且这个馅饼可能砸错人了。

湖边的风有些大，许召南被风吹得有些冷了，可是对面的女孩依旧是难以置信的表情。她究竟是有着怎样坎坷的人生，才会这么不肯相信自己？

"为什么选择我？"

"因为你好看。"许召南直起身子，随便说了句，迈开长腿准备走。

池遇跟着站起来，偏着头看着许召南的背影道："许召南。"

许召南回头，池遇却不说话了，似乎是认真想了很久，才说："我不去。"

"理由。"

"因为你不正经，像个邪教组织头目。"

许召南笑起来："完蛋，被看出来了，其实还有件事，我们的入教仪式就是把人扔到湖里，被扔的人自然就想去了。"

池遇还真不怕："你扯。"

"那就试试？"

许召南一步步逼近，池遇往后退，心里却渐渐起了怯意，他不会真的要把自己扔到湖里吧。可是还不等许召南把她扔进湖里，她自己就一不留神踩到一块松动的石头上。

"啊……"

半个音节跟不上自己滑落的速度，"嘭"的一声，月光下的湖面溅起一层细浪，波光粼粼。

随后，又是一层浪翻起来，池遇浮出水面。

她想，幸好自己会游泳。

池遇是从湖的另外一面爬上来的，正值初夏单薄的衣服湿漉漉地贴在身上。池遇躲在树后，看着刚刚站着的地方空无一人，心里不禁漫起一丝寒意。

"许召南？"

没人回应，池遇又喊了声，声音都有些颤抖起来。

她默默转头，看着平静的湖面……

他不会跳下去救自己了吧……

当这个想法触及脑内神经的时候，池遇几乎没有任何犹豫地再一次跳进了湖里。

她还真得感谢自己八岁的时候被迟川扔进了水里，学会了游泳，否则的话，今天可就是两条人命了。

池遇用尽浑身力气将许召南拉上了岸，她不知道怎么救人，只能颤抖着手轻轻拍他的脸："许召南，许召南……"

惶恐的声音引来了路人，是两个男生。

黑暗中池遇看不清他们的样子，只能看见他们背在身后的乐器，一个大号，一个小号。

背小号的男生立刻过来做急救措施，另一个高一点的背着大号的男生打了校医院的电话，两分钟后就有人赶来将许召南带走了。而池遇刚刚着急，什么都没有想到。

书包还在刚刚坐过的地方，里面传来一阵铃声。

池遇回过神来，赶上去拉住小号男生的胳膊："他……他没事吧……"

大号男生走过来，语气不耐："就算是情侣吵架也应该拿捏好尺寸，非得做出这种事来？"

池遇被训得一愣一愣的。

"哥。"小号男生的声音带着微微嗔怒，大号男生瞬间闭了嘴。

小号男生看着池遇，安慰道："他没事，你不用担心，先回去收拾好自己再去看他。"

池遇松了口气，也松了手，任由兄弟俩走远了。

夏风试图吹干身上的水滴，却带走了池遇身上仅存的温度。

她打了个寒战。

池遇不想否认自己内心真实的想法。他说的乐团，她是想去的。

她想站在一个乐团之中，用这世上所有美丽的音色演奏出最动人的曲子，可是她没有资格。

就像没有资格站在陆择深的身边一样。

第三乐章

门德尔松《E小调小提琴协奏曲》

01.

池遇那一晚睡得很沉,好像还做了一个梦。

梦里,自己拿着小提琴站在聚光灯下,陆择深坐在观众席,一言不发地看着她。然后有人走过来,有些粗暴地夺走了她的小提琴,狠狠地摔在地上,琴弦落地的颤音,震得她鼓膜生疼。

池遇睁开眼,才发现是自己的电话在响。

什么鬼梦……

池遇回忆了一下昨天晚上的事情,忽然一惊,许召南还在医院吧!她居然就这么睡着了!

她慌忙拿起手机,上面是一串陌生的号码。

许召南?

池遇接起来,果然是他。

她没有来得及细想许召南是怎么知道她的电话的，那边已经开口了，声音还带着半分揶揄："大小姐早。"

"你……你没事吧……"

"不然呢？我是鬼？"他见池遇一时无言，又说，"也是，大小姐拉着我跳河，完了自己想清楚了爬起来，怎么看都像是要谋杀我。"

放屁。

池遇说："明明是你自己不会游泳，还逞强跳下去的！"

"我可是救了你！"

什么？

池遇觉得不对，她仔细回忆一下……自己当时在水里，划了半天好像顺手抓住了什么……然后……

那么他是被自己拉下去的？池遇心里的底气，瞬间下去一大半。

许召南在那边笑了一声："记起来了？"

"……"

"杀人未遂啊，大小姐，想好怎么补偿没有？"

"你等等，我这就去借钱赔你乐器、赔你医药费……"

"难道我昨天说的话，你还是没听懂？"

"什么……"

"行了，装过头了。"许召南说，"适当的矜持就可以了，太忸怩就有点作了，想好了就过来，我随时等你。"

许召南挂了电话。池遇咬牙，这人怎么说不通呢，不是说了不去吗，不去听不懂？

池遇想倒头继续睡，可是却翻来覆去睡不着，最后索性起来了。

去春花楼吧，许召南肯定在那里。

刚刚在电话里她听见了细微的音乐，不过比起以往春花楼的嘈杂，这一次要清晰很多，仿佛是刻意的。

一首交响乐，钢琴独奏，曲子是勃拉姆斯的《降 A 大调圆舞曲》。

脑海中，隐隐响起童声，准确地说，是《麦兜》里那只小猪哼哼哧哧唱过的《悠悠的风》。

池遇喜欢麦兜，算是个不正式的秘密。

她从小看到大，每次都会对着那只叫作麦兜的小猪哭到停不下来，虽然最终都会在迟川的嘲讽中结束。

可是在池遇的心里，麦兜依旧是一个神圣的存在。

所以……刚刚那算是巧合吗？还是，许召南知道什么？

春花楼在周末的时候，人似乎要少一点。

池遇走到楼下，下意识地抬头，果然就看见了五楼窗台边站着的人。

许召南穿着蓝色的针织开衫，衬衣解开上面两颗扣子，端着纸杯抿了口水，然后明晃晃地朝她笑："嘿，大小姐。"

衣冠禽兽。

"闭嘴！"

池遇站着不动，许召南开口："请问，你是要我下来接你呢，还是……"

池遇白了他一眼，走进去，上了楼。

五楼转角处，池遇推开音乐教室的门。她没想到里面还有别人，刚准备好的话硬生生地吞回了肚子。

她环顾了一圈，风琴、圆号、鼓、大提琴，还有四个小孩子……

四个孩子混乱得如同一锅粥，却又抱着各自的乐器不约而同地看过来，池遇觉得现在的自己好像是展示在货架上的商品。

偏偏坐在桌子上的许召南还跟导购员一样不怀好意地介绍说："来，介绍一下，这是我特地请来的……大小姐。"

"大小姐……"一群小孩子站成一排，乖乖地齐声喊。

"我叫池遇。"她瞪着许召南。

许召南耸肩："你说什么就是什么。"

什么叫我说什么就是什么，本来就是好不好。

池遇深呼几口气，说："许召南，麻烦你过来一下。"

许召南从桌子上跳下来，跟旁边的人交代了几句，迈着长腿走过来。刚站定在她面前，却冷不防被池遇抬脚狠狠地撞了一下脚尖。

池遇说："这是干什么？"

"昨天隔壁幼儿园约好过来练合唱。"许召南说着，已经有人带着几个小孩子出去了，路过池遇的时候，还不忘笑嘻嘻地告别："哥哥再见，姐姐再见。"

池遇哭笑不得。

"怎么样，有没有一种高高在上的感觉？"

神经病！池遇在心里说，不过这群乖乖的小孩子确实挺治愈的。

她打量了他几眼，说："你看起来很不错。"

"是吗，你要是跟涮火锅一样，丢在湖里涮一涮应该更不错。"池遇想打他，他躲开，"等等，我好不容易把你请过来，可不是让你来家暴的。"

"我也没说我是来接受你的邀请的。"

"那我刚刚介绍的时候，你也没反驳啊。"许召南看着池遇憋到通红的脸，俯在她耳边，音色很沉，语调很轻却无比正式，"总之，大小姐，欢迎你。"

池遇想不明白，许召南这个人究竟是什么意思。

她一度以为许召南好不容易把她叫过来，最起码会把她供起来，而不是现在这样……把她晾在一边无人问津。

嘈杂的音乐在这间教室里面此起彼伏，堪比魔音。

她看了看许召南，他正坐在桌子上，手里拿着纸笔，不知道在写写画画些什么。

池遇走过去，许召南看了她一眼，将一张纸递到她眼前。

"什么？"池遇接过来，是一则手写招募广告，不得不说字还是很好看的，简单的白纸黑字，从上到下写着：S团成员招募，大提琴、风琴、圆号、击打乐等等。可是最惹眼的却是居中大写加粗的几个字——团长池遇，后面画了一个猪头。

"回头把你照片贴上去就完整了。"许召南似乎有点不知死活。

池遇问："团长池遇是什么意思？"

"字面意思。"

池遇环顾了一圈，说："所以现在是一堆烂摊子，要交给我吗？"

"不是还有我吗？"许召南双手环胸靠坐在桌子上，"况且，这里有你有我，怎么会是烂摊子？只会是杠把子。"

"无聊。"池遇放下广告纸，站起来往外走。

许召南却没有拦她，在背后格外欠揍地说道："待会儿回来记得带瓶水给我，我渴了。"

池遇停下来，有点生气，许召南接着说："对了，我头孢过敏，阿莫西林就可以了。"

虽然极不甘心，可是池遇确实是准备出去买水和药的。

因为她注意到许召南过分发红的脸色，还有干白的嘴唇，他的桌子上放着一个电子温度计。

他应该还在发烧，可是又跟人约好练合唱，所以不得不过来。

池遇忽然觉得许召南这个人也没那么过分了。

02.

跟校医院比起来，春花楼离南三门稍微近一点，池遇直接去了外面。

她向药店的导购员再三确认所买的药头孢过敏的人可以服用后，终于出了药店。

可是，她才走到门口，就没有办法再往前走了。

药房对面的咖啡店里，光洁明亮的玻璃窗上倒映着一个熟悉的身影，是陆择深，池遇绝对没看错。

他为什么会在这里？

池遇的目光落在他面前的咖啡杯，还有对面人去杯空的位子上……

他应该是约了人，并且约的不是她。

池遇心里空空的，想装作看不见，可是陆择深似乎已经注意到了这道来自马路对面焦灼的视线。

他看过来，眉眼幽深，两人的目光穿过车水马龙的街道交汇在一起。

池遇下意识地伸出手打招呼："嗨……"

陆择深薄唇紧闭，二话不说站起来往外走。

池遇见状立刻转身，他们本来就不熟，打完招呼就可以走了吧，况且他又不是来找自己的。这么想着，池遇已经快步往回走了。

可是，下一刻，陆择深拉住她，轻微的力道足够让池遇整个人退到他跟前。

太近了。

池遇脸红成一片，压根没有注意到自己刚刚站的地方有一辆小摩托疾驰而过。

"你……你好啊。"

"为什么要跑？"

"我……我没有啊！"

谁信？池遇自己都不信。

她摆了摆自己无处安放的手，陆择深不知道什么时候松开了她的胳膊，只剩一种空荡荡的感觉残留下来。

他刚刚是怎么越过这么远的距离追到她的呢？

池遇看了看他的腿，又低头看了看自己的。

哦……

陆择深注意到她手里的袋子，只瞥了一眼，没等池遇抬头，就用手背贴上她的额头。

那一瞬，池遇觉得时间大概是静止了，耳边风的声音和车的声音都不见了，只剩他独特的嗓音，问："发烧了？"

本来没有，现在不烧才怪。

她不敢抬头，视线所及之处刚好是他精壮的腰身。

真想搂上去啊。

池遇紧紧咬着唇，生怕自己的某一个表情或者某一个眼神泄露了猥琐的心思。她摇头说："你说这药吗？我买着玩的。"

池遇觉得自己可真有一套，心里小小窃喜一下。

陆择深也没再问什么，拿开手又说："我有点事情来你们学校，准备顺路看看你，不过打你电话没有人接。"

"是吗？"池遇心里咬着牙想他的手为什么不多放一会儿，嘴上却说，"我昨天睡得早。"

她什么时候开始这么干脆地跑火车了？

池遇不知道，不过总不能说自己昨天掉湖里了吧。况且，他刚刚明明是在跟别人喝咖啡，顺路的话，找不找得到都无所谓！

正这么想着，陆择深声音淡淡的，不知怎么就看穿了她的想法，说："刚刚碰见了以前的老师，一起喝了茶。"

似乎是极不情愿地解释。

池遇"哦"了一声，"我也想喝茶"几个字在心里没有说出口。

"那现在呢？"陆择深问。

"现在？"池遇反应过来，"现在没什么事啊。"言外之意，就是可以跟你去任何地方。

她充满期待地看着陆择深。

可是，陆择深转身往咖啡店走去。

池遇跟上去，问："去哪儿？"

"拿卡。"

"什么卡？会员卡吗？"

难以想象陆择深这种人会在他们学校门口的咖啡店里办一张会员卡。

陆择深有些无奈："刚刚没来得及结账，卡放那里了。"

池遇愣了一下："没来得及？"

"嗯。有人看到我就跑，我怕追不上。"

池遇不敢看他的眼睛，支支吾吾半天才说："那我下次不跑了……"

"承认了？"

她怎么能承认自己是没种才跑的呢？

池遇在心底默默给自己打气，抬起头说："不承认！我要是真跑的话，你不仅追不上，还会因为跑太远，拿不回卡。"

"那你是故意让我来追你？"

这句话怎么听着就这么别扭呢，别扭到自己有些春心荡漾了。

池遇试图让自己矜持一点说："也不是，就是……就是想试一试我们谁的腿长，跑得快。"

"也不是不可以。"

车轮轧过马路的声音盖住了陆择深最后一句话，池遇没听清，问："你刚才说什么？"

陆择深眼眸微沉，却没有再说话了。

绿灯亮了，他走在前面，池遇跟在后面，完全忘记了还等着自己送药过去的人。

03.

池遇不知道陆择深原本要找她干什么，不过好歹是他来找自己的，她怎么也得尽一尽地主之谊。

现在两人面对面，坐着等饭，还是黄焖鸡米饭。

吃什么自然是池遇建议的，她觉得学校门口一百家店，就这家黄焖鸡击败了沙县和鱼粉，成为又实惠又好吃的NO.1。

不过陆择深坐在这里确实是有些格格不入。

大概是中午下课，学生们迅速从门口拥进来。池遇偷偷地注意着陆择深的每一个表情，还好没有露出什么不耐。

她忽然想起室友说过的一句话，如果能有一个人开着迈巴赫陪你吃路边摊，一定是真爱。

她不知道室友为什么总是有那么多莫名其妙的谬论，不过至少现在完全没法掩饰自己心里的窃喜。

她问："你有没有一点点怀恋你读大学的时候？"

陆择深看了她一眼，想得很认真。

池遇托着腮等他说话，真想知道陆择深大学的时候是什么样子啊，算算，大概是七八年前的事了。那个时候的他应该很冷漠吧，还是特别有距离感的那种。

会不会有很多女孩子喜欢他呢？他有没有喜欢过别的女孩子呢？

"没有。"

池遇惊了一下，然后才意识到他在回答自己刚刚随口问的问题，而不是自己心里真正想的事。

"我记不太清楚，不过应该没有吃过这种东西。"

也是，陆择深这种养尊处优家世良好的人，怎么会来吃这种平民食物？不过这样的话，池遇有些替他感到遗憾。

他家教很严吧，很多事情应该都没有做过。

陆择深看池遇望着他若有所思，好久才问："你什么时候才会对着我，把你心里想的说出来？"

"啊。"池遇干笑，"太多了，我说不过来。"

她刚说完，收银台那边已经叫了他们的号。

"你等等，我去给你端过来。"池遇站起来，没等陆择深开口，就兴冲冲地跑了过去。

"姐姐，这个。"

池遇把号递过去，颤颤巍巍地从她手中接过餐盘，上面放着两碗石锅黄焖鸡。

池遇小心翼翼地转身，走了两步却对上一双略带审视的眼睛。

池遇愣了两秒，回忆起来，他是昨晚救了许召南的那对兄弟中的大号男生。

她想走,却被对方堵住了路,她不明白他的意思,试探性地打招呼:"你好?"

大号男生看了看她餐盘上的两碗饭,他进来的时候就注意到她了,吃饭是一件很正常的事情,可是她对面的明显不是昨晚的男生。

那么……

"他出院了?"

"啊?"

"你这是昨天刚甩一个,今天就又攀上一个?"

池遇意识到他说的是许召南,有些哭笑不得,黄焖鸡灼热的石锅不断散发出热气,她快端不住了,苦笑道:"谢谢你昨天路过的时候帮忙,但是昨天那是个意外,今天这也……"

是个意外。

话没说完,又一拨点单的人拥了上来,她本来就站在收银台旁,所以来的人恰好撞到了她。池遇本来就有些酸的胳膊瞬间松动了,眼看着满满的冒着热气的汤汁就要泼在身上了,却没想到另外一只大手稳稳地托住了她的胳膊。

这温度她还记得,来自陆择深。

陆择深一手端着有些溅出来的饭,另一只手将池遇拉到自己身后,似乎是在宣誓主权。他不缓不急地将餐盘放在一边,然后看着大号男生,说:"你在欺负她?"

欺负?

池遇想笑,怎么会有欺负这样的字眼?

"有什么事情可以跟我说。就算是她的问题也该由我来教训,你只要负责告诉我就好了。"

池遇不知道自己现在在想些什么,她看着陆择深的侧脸。这话虽然将她骂得狗血淋头,她却没有特别难过。

站在她面前的,是她喜欢的人,不管出于什么原因,他在保护她。这是她以前每个夜不能寐的晚上,从未出现过的场景。

不敢想,太过虚无缥缈了。

大号男生打量着眼前的男人,个子比自己高出半个头,气势凌厉,相比之下自己顿时弱下去一大半。可是,他咬咬牙,依旧不甘示弱:"她是你什么?女朋友?"

陆择深没有说话,大号男生得寸进尺,语气更加恶劣了:"你现在护着的女朋友,昨天可是跟另外一名男生跳湖了。那男生现在估计还在医院呢,而她现在却跟你一起若无其事地吃饭?"

周围的人看着热闹,目光鄙夷。

池遇躲在陆择深的后面不敢抬头,甚至不敢去看陆择深的表情,她真是太差劲了。

大号男生说得没错,明明许召南还在等着她送药,她却跟陆择深在这里吃饭,还不亦乐乎。

"你可能误会了。"陆择深的声音似乎有一种镇定人心的力量,"以偏概全是大忌,你只不过是路过救了人,就自己推断出事情的来龙去脉并且加以笃定,至于事情到底是什么样子的……"他看了眼身后的人，接着说，"我只能确定并不是你杜撰的样子。"

他用了杜撰，并不是不相信，而是他根本就没有做出要去相信那些话的决定。

任性一点说，是他不听，他只是介意这个人欺负她了。

"那又怎么样？"

"我建议你向她道歉。"

"不道。"

"既然如此，我可能会比她更介意你的态度。"陆择深眼眸微深，看得人心里发慌。就在他正准备进行下一步行动时，身后的一双小手拉住了他的袖子。

池遇声音弱弱的："陆择深，我们走好不好？"

她看到的陆择深永远温文尔雅，而现在，他的周身仿佛笼上了一层寒冰，他很生气。但她并不想因为自己惹他生气。

况且，在场最没底气的本来就是她。

她的确是过分了。

陆择深转过身去看她，见她不是生气也不是委屈的表情，更多的是自责内疚。

她虽然不喜欢说话，可还是一个心事一眼就能被看穿的小姑娘。

她说"陆择深，我们走好不好"的时候，陆择深觉得自己的心似乎猛跳了一下，像是水面层层漫开的涟漪。

陆择深拉住池遇的手，说："好。"

走的时候,陆择深和大号男生擦肩而过。

陆择深停下来,声音刚好在他耳边,有种令人发怵的寒意:"你可以路见不平,侠肝义胆,但是有关她的,什么都不可以。"

大号男生心里一颤,他张嘴想说什么,可是却被阻止了。从门口走进来一个穿着白色衣服的少年,脸色很白,看起来有些病态,背后背的应该是小号。

是昨天晚上的弟弟。

弟弟抿着唇,走到陆择深面前,深深地鞠了一躬,说:"对不起。是我们的问题,这位同学昨天应该是跳进湖里将那男生救上来了,却不知道急救措施,我们刚好路过完成了后续。"

陆择深没什么表情,倒是大号男生急了,走上来拦在弟弟面前,说:"你干什么!你就是因为昨天那事又感冒了!凭什么要你道歉!"

小号男生看他:"人是我们要救的,怪谁?"

"那……"大号男生在弟弟皱眉的瞬间就无言了,语气软了下来,"怪我,我来道歉。"

他转过身,格外别扭地看着眼前的两个人说:"对不起,是我的错,我弟弟的道歉你还给他。"

陆择深依旧一言不发,倒是池遇细细地说了句:"没事,八卦也是人之常情。"

"如果可以的话,下次见面希望是朋友。"小号男生在大号男生一脸讶异的表情中缓缓说道。

陆择深深深地看了大号男生一眼,觉得这种事可以交给池遇自己来决定,所以他没再说话。

只是他还是捕捉到了池遇一瞬间略带苍白的脸色。

池遇眨眼笑道:"谢谢。"

陆择深等她说完,目光从小号男生身上移到大号男生身上,眼神冷冰冰的。

池遇拉住他:"那我们先走啦!"

大小号兄弟站在原地,大号男生揉着后脑勺道:"为什么要做朋友?我觉得她八成没有表面看起来那么无辜!"

"你不觉得那个女孩有些熟悉?"

大号男生顺着弟弟的视线看过去,半天,有些为难地说:"没看出来啊。"

04.

池遇一路都没怎么说话,陆择深也就这样陪她走着。

这条路大概是回寝室的方向,他们刚好路过春晖湖。

"你要听吗?"池遇忽然问,"我是说昨天的事情……"

"想清楚要告诉我?"

"我怕你……"池遇没说完,想了想也确实没什么好说的。

陆择深却接着她的话继续说道:"你就在面前,我没理由要去相信别人。"

他边走边用极其寻常的语气说:"不用怕,我站在你这一边。"

"……"

池遇呆呆地看着他,心里一甜。刚刚她最害怕的是什么呢,不是路人的目光,也不是大号男生的控诉,而是害怕陆择深会误会她不是一个好女孩。

她站在他的身边,本来就不够优秀,如果好不容易努力堆砌起来的自己,忽然塌了,怎么办?

池遇忽然想到什么,状似无意地问他:"那要是我真的和男孩子殉情,又或者是我劈腿的话……"这么说好像有些奇怪,"我的意思是……要是我是个坏女孩……"

陆择深忽然停下来,凝眉看她:"你想听我说什么呢,池遇?"

"啊?"池遇心里一慌,"就是……想知道……"

"想知道你这样的人,我会介意哪一点?"

心跳不再是正常的跳动声音,而是"嘭嘭嘭",像是有人敲门的声音。

"我不在意,是你的话,好坏都是你,没什么区别。"

"吱呀"一声,门开了。

她好像看见陆择深站在门口,说:"打扰了,从今往后我就在这里住下了。"

陆择深,你可真狡猾啊,你已经在我心里住了那么久,为什么还要假装刚来一样,弄得我手足无措。

先前的不愉快一扫而光,池遇怎么都觉得这是情侣之间的对话。

她笑着,脚步都变得轻快了些,说:"陆择深,你知不知道,你这样很容易让人犯罪啊?"

"比如说你?"

池遇鼓起勇气:"嗯,比如说我。"

陆择深笑了,这还是池遇头一次见他笑,嘴角微微扬起,眼角向上的轮廓像是一条鱼,池遇有些呆了。

陆择深接着说:"刚刚让你受委屈了,以前没有遇到过这样的事,所以有些不知道怎么处理。不过我会慢慢来,不会再让这种事情发生。"

池遇很久都没有消化过来这句话,什么叫慢慢来?他的意思,好像是他会一直在她身边,是这样吗?

池遇静了好久,小心翼翼地问:"陆择深,你知道我这个人,不是因为迟川经常跟你提起对不对?"

静默片刻,他说:"是。"

"你一直记得?"

"一直记得。"

那个时候,从舞台上摔下来的小姑娘,他没有来得及接住她。

池遇心底窃喜,犹豫了好久,说:"那最后一个问题啊,陆择深,你为什么会在这里?"

"你觉得呢?是意外?"

池遇反问:"难道不是?"

不是，是预谋。但这句话陆择深没说，他换了种简单点的方式，说："因为没法忘记。"

"嗯？"池遇愣住了。

陆择深叹了口气，说："池遇，我很久没有听到你拉小提琴了……抛开迟川那些莫名其妙的计划，对我而言，我想听的，是你的小提琴。"

原来是这样。

"哈哈哈哈！"池遇笑起来，努力掩饰自己内心的尴尬，"可是，你每天站在音乐的顶端，听了那么多大家的手法，还有什么样的音乐没有听过？"

陆择深沉了眸子，说："你说呢？"

池遇红了脸："我说……"难不成你口味独特,喜欢我这样的音乐？

"你的，跟其他的不一样。"

她有些乱，况且昨天掉进水里，看起来并不怎么好。

陆择深隐隐有种感觉，她想逃了。最后，只能买了些药送她回去。

她笑嘻嘻地摆手："陆择深，谢谢你啊。"

陆择深点头："能许个愿吗？"

他忽然的开口让池遇猝不及防，陆择深笑："很简单，池遇，希望下一次见到我的时候，你不会再紧张了。"

"嗯，再见。"

池遇吐了吐舌头，在他开口说话之前转过身一路小跑离开了。

她怎么会不紧张，见到他的那一刻，心跳就无时无刻地不在提醒着它的存在。

怎么说呢，你就是我亘古不变的心跳中，最深最深的那一阵沉响。

池遇没有答应，不是因为没法不紧张，而是想退开一点距离给自己一些考虑的时间。

通俗点说就是他来了，所以她要不要上。

对此，池遇问了自己的室友，资深情感专家，饭圈大大。因为她对于这种遥远的单相思有着长达十年的经验。

池遇问："如果……有一天，迟川忽然出现在你面前，你……"

池遇没问完，室友已经迫不及待："上啊，有时候矜持只会让自己看起来忸怩又做作，还会失去很重要的机会，所以我尊重内心最原始的欲望。"

原始……的欲望……

池遇嘴角抽搐："你不会奇怪他为什么会来？你没才又没色还懒……"

会意室友的眼神，池遇改口："我的意思是假如……"

室友叹了口气，语重心长："就算我不好看，没气质，比不上那些女演员，但是这个世界上也只有一个我啊。哪怕我是一颗破蛋，也会有一只苍蝇不远千里找到我，轻轻地叮我一口，然后把我当宝物……"

"好了。"池遇打断了她的比喻，太恶心了，明明很有意境的事现在只觉得恶心，反胃。

室友无所谓，意思传达完了就好，转眼又躺在床上看那部最起码看了十遍的电影。

池遇叹了口气，不过也做好了决定。

池遇戻了好久决定好好请许召南吃个饭，当作下午不小心抛弃他的谢罪宴。

她收拾好东西回了春花楼已经是晚上七点，许召南已经不在那里了。

也是，谁会等一下午啊。

她的电话还安然地搁在桌子上。池遇走过去，下面压了一张纸，正面依旧是那则广告，可是背面却多了一幅画。

水性笔随意描出来的轮廓，像她又不像她。池遇仔细回忆了一下，好像是……那一天见到的糖果女孩？

没想到许召南看起来痞里痞气的，还挺深情的。

池遇边腹诽着，边翻出许召南的电话打了过去，那边响起一个懒洋洋的声音，似乎是刚睡醒闷在枕头里，有一些沙哑："说。"

"你回去了？"

"嗯。"许召南似乎并不怎么耐烦。

"今天买药的时候，遇到了一个……朋友，所以……耽误了一下。"

"嗯。"

"那药我给你放在这里了？"

"嗯。"

"算了吧，你住哪儿，我给你送过去？"池遇想了想，"顺便请你吃饭作为刚刚不小心忘了你的补偿。"

"……"

池遇怀疑他根本没有醒，她等了半天，那边已经没了声音。外面是美好的阳光，有叽叽喳喳的鸟鸣声伴着听筒里均匀的呼吸。

池遇挂了电话，他大概正在做梦，就像自己一样，刚刚好像做了一个很美的梦。

池遇锁好音乐教室的门，下楼的时候又想起什么来，准备给迟川打个电话，可那边一直是不在服务区。

她索性放弃了。手指刚碰上锁屏键，却瞥见通话记录里红色的未接来电，陌生的号码……

陆择深说，你电话没有人接。

她小心翼翼地看了一遍，陆择深的电话，现在像是一个沉睡的魔咒一般安安静静地躺在她的手机里。

如果响起来会怎么样？池遇想了一下，她没有办法拒绝他的，所以只能躲着了。

手指点了几下，界面停留在是否加入黑名单的选项上。

好吧，陆择深，我得退开一点距离，准备一下。可是……在她按下确定的前一秒，手机响了一声，刚刚那个眼熟的号码一闪而过。

是一条短信——我是陆择深。

嗯，我知道，你是陆择深。

池遇笑了笑，还是按了下去。

靠在秦教授办公室窗台上的男人，穿着深色的休闲衣，看着春花楼门口的女孩，手机在修长的指间翻动。

怎么说呢，还真是狠心的姑娘。

陆择深大概猜到了她会做点什么，不过没想到即使看到自己的短信，她还是拉黑得毫不犹豫。

电话里还有冰凉的女声："对不起，您拨打的电话不在服务区内。"

这是他，生平第一次被拉黑。

他将手机扔在桌子上。

秦教授走进来，眼缝里透出一丝晶亮的光，越过陆择深看向窗外。

他的办公室就在春花楼对面这栋楼的三楼，池遇只要稍稍抬头就可以看见，可是这小姑娘一直低着头是在干吗呢？

"怎么，不找她了？"秦教授摘了眼镜坐下来，"年轻人，你应该走出去多谈点恋爱，找到我这里是什么意思？"

果然，是在为上一次没有专程打招呼生着气。

"上一次过来得急，这一次专程来看您。"陆择深很识趣地拿出两份礼物，看起来倒很诚恳。

秦教授瞥了一眼，他有收集琴弦的嗜好，看来这小子还没忘记。不愧是自己带出来的第一批学生，还是最有出息的那一个。

秦教授放宽了心，瞬间眉开眼笑："怎么，这是看上我这学生了，来下的聘礼？"

"……"

"您还是当年的老样子。"陆择深无奈，池遇跟着他也是辛苦了。

秦教授却不以为意："你还是一样闷。"

秦教授说着，走到窗边，看着池遇正一步一步慢慢走远。他说：

"这样是不行的,池遇那小姑娘比你要有趣多了。"

"她大概是我带过的最有才华的孩子。"他叹了一口气,只不过她顾虑太多,虽然整天笑嘻嘻的,可是给他的感觉比当年的陆择深还要沉重。

秦教授回头看了眼自己最满意的作品,如今闪闪发亮,当年也是吃了不少苦啊。

陆择深完全没在意秦教授的话,他看着池遇消失的方向,问:"校乐团S团是什么?"

秦教授看着桌子上的一张纸,他刚刚来的时候也看见了,春花楼贴得到处都是,一则招募广告,末尾是"团长池遇"。

秦教授立马明白过来,耐人寻味地笑了笑:"在五月份校园团会有个比赛,学生之间的对决。现在不比以前了,大家都很有想法。"

"她要参加?"陆择深皱眉问。

秦教授笑道:"那是,众人推举。"

他揣测了一下陆择深的眼神,接着说:"池遇在我这里特别受欢迎,你最起码还得排个队。"

无所谓。

陆择深似乎永远一副胜券在握的表情,他转过身道:"我过来拿池遇的毕业论文,开题报告和音乐会有关的资料。"

他刚刚还说是专程来看自己的。

秦教授无奈道:"她知道吗?"

陆择深想了想说:"她知道她跑不掉了。"

05.

大概拉黑名单这件事也是会传染的。

在池遇拉黑了陆择深之后,她也被迟川拖进了黑名单。

陆择深给迟川打电话。陆择深在电话里简单地交代了今天的事,包括他已经被拉黑了。

迟川有些头疼,池遇大概是这个世界上第一个拉黑陆择深的人。他扔了两个字过去:"活该。"

明明他已经安排好了一切,准备一点点引蛇出洞的。陆择深倒好,完全不按他的剧本来。难道不懂心急吃不了热豆腐?

特别是对池遇这样的人来说,陆择深要是站在那里不动,她还会试着一点点爬过去。可是陆择深一有动作,她绝对会倒着跑。

池遇这人虽然比较怂,可是也倔得不像话,决定好的事谁都拉不回来。

她决定追随陆择深的脚步,决定一定要等自己足够优秀,才肯告诉陆择深自己的心意,这些完全不是迟川能左右的。而陆择深也刚好不知死活地给自己找了一条绕得最远的路。

陆择深说:"她要跑我也没办法,只能这样试试。"

"哪样?"

"她跑了,总要追的。"

迟川想笑,陆择深这是决定要追池遇的意思?可是陆择深并没有给他发问的机会。

迟川看着手机屏幕上，不断地闪着被屏蔽的号码来电，索性将手机扔到一边。

"哎，迟川影帝这是在酝酿感情呢？"来的是跟他演对手戏的女演员。迟川看了她一眼，呛人的香水味充斥着他的感官，让他头疼："你不是已经杀青了？"

"你不是还没嘛！"女演员笑得风情万种，似乎还没有从戏里走出来，"过两天杀青宴，我总得留下来跟你吃顿饭吧……"

迟川懒得理她，简单客气了几句，就离开了。

疾驰的车子上，迟川越想越觉得不对。

他给陆择深打了好几个电话那边才接起来："陆择深，我有个问题。"

"嗯。"

"你真的决定好了？"决定好接受池遇。

那边顿了一下，说："是。"

"为什么？"虽然早已得知陆择深回国后一心想将自己家池小鱼送上道，可是明明喜欢了好几年的人是池遇，现在却完全颠倒了，难不成陆择深也……能闷骚成这样？

"没有为什么。"陆择深答，"她太慢了，我来快一点。"

这应该不是陆择深真正想说的，可是迟川深知想从他嘴里套话，很难。所以也没多问，既然他决定了，那么现在自己也只有相信陆择深了。

不过有一些不爽倒是真的，明明一直以为操控着陆择深，到头来才发现自己却在被牵着鼻子走。

陆择深这只狐狸居然比他还要老练。

而此时被讨论的女主角正躺在床上睡得正香。

这一夜睡得很好,没做梦。

整个周末池遇都是在床上度过的,明明觉得只是睡了一觉,醒来就是周一早上十点了。

她真怀疑自己坐上了时光机,从在学校见到陆择深的那一天一下子就穿越到了现在。中间的所有时间直接被忽略了。

池遇准备收拾一下去找秦教授讨论开题报告的事,可她拿起手机时,才看见上面的几十条邮箱提示。

她一一点开,居然都是参加S乐团的报名表,有打击乐系的、大提琴系的,还有什么双簧管系的……难不成许召南已经把广告贴出去了,并且还留了她的邮箱?可是怎么会有这么多人?

池遇收拾了一下,出门的时候给许召南打电话。

"那些S团的报名邮件是什么意思?"

"你是团长啊,那部分交给你初选,我这边通过了几个人,不忙的话,现在可以过来看看。"许召南似乎毫无愧疚之意。

池遇挂了电话,不去看看也不行了。

她咬了咬牙,这才看见走廊侧面紧紧贴着墙壁的女生,瘦瘦小小的，大概一米五五的样子。

齐刘海，大眼睛，头发刚到胸口，背着比她还要大的大提琴，正一脸惊恐地看着她。

目光对上的那一刻，她慌忙低下头，整个人似乎都笼罩在一片阴影里。

难不成自己吓到她了，池遇想象了一下自己刚刚的表情，应该是挺狰狞的。

她试着打招呼："你好。"

女生低头不语，池遇又喊了几声，得到的都是相同的反应。

池遇觉得自己像是一个试图调戏小姑娘的猥琐大叔，于是，想想还是不问了，赶着去许召南那里。

可是……

从女生寝室一直到春花楼，那个姑娘就一直在她身后不近不远的地方跟着，她停那个姑娘也停，她走那个姑娘也走，就是不说话。

而且随时都一副要惊吓过度的样子，池遇也不敢说什么。只能由她跟着，说不定真的只是刚好顺路。

嗯……还有种可能就是顺路来参加 S 团。

池遇到了阶梯教室，在那里的不仅有许召南，还有那一天的大小号兄弟。

真是阴魂不散啊，池遇看着大号男生那阴鸷的表情，扶额。

许召南喊她："站那里干什么，过来啊！"

池遇慢悠悠地走过去，许召南介绍道："团长，池遇大小姐。"

"叫我池遇就好。"池遇纠正,只敢看温柔一点的小号弟弟。

小号男生笑了:"你好,又见面了,我是小号祝西,这是我哥哥祝北。"

池遇没敢去看祝北,干笑道:"好巧,东南西北就差东了。"

话音刚落,一道细细的声音插进来,"我叫陆小冬……"

嗯?

池遇想找到声音的来源,可是目光巡睃了一遍,只有门口的一道阴影——那个跟了她一路的姑娘。

还真是来这里的?

池遇忽然想起来什么,那一天撞到她,让她摊上许召南这个痞子的不就是这个行走的"大提琴"吗?

叫陆小冬的女孩子战战兢兢地走进来,池遇发誓自己一点都没有夸张,她看起来就是战战兢兢的,仿佛要被大提琴给压倒的样子。

女生怯怯地举手,说:"嗯……我是陆小冬……"

"大提琴?"许召南问。

陆小冬点了一下头。

许召南摊手:"好了,大号、小号、大提琴、小提琴都就位了。"说着,他打量了一下四人。

呵,真有趣。

池遇却不这么觉得,她气势汹汹地指着从门口刚进来的陆小冬说:"许召南,我找到了!她就是当时撞到我,导致我弄坏你的乐器的人,所以你不能再老拿这事怪我!"

许召南意味深长:"不怪你?"

"不然怪她？"他扬了扬下巴，示意她看一看。而池遇看向陆小冬的时候，小姑娘俨然一副泫然欲泣的模样。

池遇慌了，走到她身边又不敢靠太近，慌忙解释："对不起啊，我的意思不是怪你，是……"

池遇话没说完，陆小冬已经哭出来了。

许召南带着大小号兄弟在后面看热闹，只剩池遇手足无措，想给姑娘擦眼泪又怕她受惊。

许召南在后面笑："大小姐，这么欺负小姑娘不对吧。"

池遇回头瞪他，却对上祝北万分厌恶的表情。

"自己惹的烂摊子自己收拾。"祝北说完，又对许召南说，"许召南，如果决定了的话，现在应该可以去交建团申请书了。"

许召南恍然记起："也是。"

本来他准备让池遇去的，可是现在她却惹哭了人家小姑娘，作为大小姐还是需要多跟平民接触接触。

他走到池遇身边，声音格外温柔地对陆小冬说："欢迎你。"

陆小冬万分惊恐地看他。

许召南依旧笑，却将目光移向池遇："至于你们的团长，虽然有些不客气，但还是挺不错的。"说完，酷酷地转身走了。

装什么酷！池遇咬牙，来不及骂一句，就发现人都已经走光了，唯独留下了不知所措的自己和泪眼婆娑的陆小冬。

池遇看着陆小冬，想了很久终于开口道："那个……你要不要先把大提琴放下来……"

她觉得陆小冬几乎要被大提琴压垮了。

陆小冬疯狂地摇头，仿佛全身的力气都用在脖子上了。

池遇实在怕她把脖子给摇断了，说："那好不用，不用。"然后转而道，"那要不……我们坐下来？"

陆小冬万分防备地往后退。

池遇实在无奈："我刚刚真的不是要怪你或者找你麻烦的意思，就是……压一压许召南那浑蛋的痞气，否则……"

池遇一边解释一边靠近，可是……"嘭"的一声，陆小冬突然倒下了。

这大概是池遇这辈子第一次看哭到昏厥又或者是被大提琴压倒的人。

为什么这两天总是遇上这种事？

池遇跑过去扶起地上的人："陆小冬……陆小冬！"

可是陆小冬却迷迷糊糊的。

池遇心里一紧，立刻想到打电话！

与此同时，电话也在口袋里响起来，池遇下意识以为是没走远的许召南打来的。

她抖着手找出来，接电话的声音急切又无助："你不准走，你快回来，救命啊！"

06.

"在哪里？"

池遇愣住了，陆择深又问了一遍，声音镇定而有力："我是陆择深，你在哪里？"

池遇还是没有反应过来，张嘴喃喃着："学校……春花……楼。"

"告诉我你现在怎么样？"

电话那边似乎有急刹车的声音，池遇摇头，慌忙解释："不是我，是……有个朋友晕倒了。"

陆择深松了一口气："先打校医院电话，然后等我过来。"说完挂了电话。

池遇看着怀里依旧昏迷的人，不知怎么忽然安定了好多，甚至能静下来给校医院打电话，清楚地说出地址了。

校医院。

还好没什么问题，陆小冬只是单纯的低血糖，没吃早饭。大概还有与陌生人接触又太过紧张的原因，一时之间承受不来晕过去了。

医生说过一会儿就会醒过来，还帮忙联系了陆小冬的室友。

池遇坐在校医院门口的长凳上，低着头翻看手机。她正想着要不要跟许召南说一声，写好短信刚发出去就看见了陆择深。

他似乎是很急地跑过来，西装搭在臂弯，衬衣袖子挽起，有些凌乱。也对，才四十分钟而已，即使不知道他从哪里来，但是他一定是赶来的。

池遇慌忙站起来，不知道为什么，看见他的那一刻，她忽然很想哭。

毕竟陆小冬晕在她面前的那一刻她真的很无助啊，她本来也不是什么心理素质很强的人，一个活生生的姑娘忽然倒在了她面前，她没有遇到过这样的情况，也不知道陆小冬是不是有什么病。

那一刻脑袋里全是"是不是因为自己吓到她了""她要是晕过去不会醒了怎么办"……

她真的是很害怕啊。

"陆择深……"池遇声音低低地喊他的名字。

陆择深走过来，专属于他的气息将她包裹起来。

"哭什么？"

池遇一愣："我没哭。"说着眼眶更红了。

陆择深没说话，等池遇好不容易咽下自己的哽咽，才静静地开口道："还要哭吗？"

池遇摇头，到嘴边的"我真的没哭"说出口就成了"哭完了"。

"害怕吗？"

"怕。"她想了想又摇头，"不怕。"

听到你声音的那一刻就不怕了。

陆择深看了她好久，忽然问："饿了吗？"

她摇头。

他没有再说什么，不由分说地拉起她的手腕，池遇愣了一下，看着紧紧连在一起的地方，内心一阵狂乱。她问："去哪里？"

"刚刚想了一下，如果下次晕倒的是你，我可能不知道该怎么办了。"

池遇听不懂,又或者只是不敢去深究他话里的意思。

陆择深叹气,他不想逼她,又说:"吃饭的意思。"

池遇这才听到了自己肚子咕咕的声音,默默地跟在他的后面没有再说话了。

她抬头看了眼今天的天气,很好,多云转晴。

这次陆择深没有纵容她的任性去学校门口吃什么乱七八糟的小吃,直接带她去了离学校很远的一处饭店,并且,两人是挤地铁去的。

走到地铁口的时候,池遇才意识到要坐地铁,面带疑惑:"我们要这样过去?"

陆择深看了她一眼,毫不在意地说:"来得急,怕路上堵,就坐地铁赶来了。"

池遇心底一甜。

大概是正逢中午,刚好学校这一站又人多。

池遇生怕陆择深走丢了,一直紧紧跟在他的后面。毕竟他这样的千金之躯,要是被挤坏了就不好了。

自己真像一个小助理啊。池遇默默想着,却撞上前面忽然停下来的人。

陆择深回身:"你在想什么?"

想你啊。

池遇忍着没说,先前的恐惧因为这一刻的安定一扫而空。她笑嘻嘻地说:"你觉得挤吗?"

"还好。"

话音刚落,旁边的人就撞过来,刚好将池遇撞进陆择深的怀里。

"!"

"……"

池遇觉得自己的心跳快要停了,她真的不是故意的,可是陆择深却顺势圈着她走着。

人山人海里,独独为她,圈了这么一小块天地。

池遇悄悄抬头,看见陆择深紧皱的眉头,心跳又复苏了。

而陆择深似乎并没有放开她的意思,就这么一路半圈着她进了地铁。

地铁疾驰。

陆择深找了个角落,一手扶着她的肩一手撑着车厢,将她护在怀里,而池遇刚好可以将头抵在他的胸口。

池遇好几次偷偷抬头,看他坚毅的下颌线和紧闭的薄唇,就觉得陆择深真的是好看啊。哪怕是站在这样的人群堆里,他似乎也是发着光的。

她忽然想起那句话——人山人海里,我的眼中只有你。

明明只有你,却还是想告诉全世界,这个开着迈巴赫的人曾经陪着我吃路边摊,这个穿着昂贵的手工定制西装的人现在陪着我挤地铁。

这个人叫陆择深,是我池遇,这辈子最喜欢的人。

怎么办,她好像等不及了。

饭店离学校只有五站路。

从陆择深轻车熟路的样子，还有酒店经理那一声亲切的"小陆"可以看出，他应该对这里挺熟悉的。

小陆？

怎么说呢，这个称呼，就好像在叫酒店的服务员。

池遇朝着酒店经理笑了笑，算是打了招呼，然后像是陆择深的尾巴般，跟在他后面进去了。

陆择深已经都安排好了。

而池遇明明只需要坐在这里等开饭而已，心里却像开了驯兽园，有一种狼奔豕突的感觉。

池遇不得不承认，忐忑是因为她觉得陆择深应该已经知道自己把他的号码拉黑了，并且即将质问她。

完了。

人是她删掉了，又是她叫回来的，连她都弄不清自己到底在想什么。

池遇正在肚子里打着草稿，待会儿要怎么解释，陆择深却仿佛是她肚子里的蛔虫，开口说："之前的号码弄丢了，刚刚是我的新号码。"

"啊？"池遇心里划过一丝侥幸，"弄丢了？"

"嗯。"陆择深翻着菜单点菜，没有看她，"我可能换号码比较勤。"

"为什么？"

被问的人抬头看了她一眼，池遇却看不明白。

顿了好久,陆择深才意味深长地说:"大概是欠了某人的钱。"

"欠钱啊……"池遇若有所思地重复了一遍。

难道陆择深是因为欠债太多,所以从意大利逃回国了?可转瞬,她又被自己幼稚的想法逗笑了。

吃完饭之后,陆择深就送池遇回了学校,他似乎还有什么急事的样子。

他走了之后,迟川难得打电话过来了,连招呼都没打,丢下一句:"陆择深在你那儿?"

池遇心虚:"什么叫在我这儿,跟嫖宿一样……"

"……"

"你是不是皮紧了欠收拾?"

池遇吐舌,笑:"我们刚刚吃完饭,他已经走了……"

那边忽然没了声音,在池遇以为他已经挂了电话的时候,迟川忽然叹了口气,说:"池小鱼,你到底有没有想清楚?"

"什么意思?"

"陆择深明天早上在意大利有个很重要的指挥讲座,本来中午十二点的飞机,可是人没到,他的助理都找到我这里了……"

池遇一愣,忽然想起她说的那句不准走,还有在校医院门口他匆匆而来的身影。

迟川接着说:"他仅仅是为了陪你吃个饭?"

池遇没回,问:"那他现在赶得过去……吗?"

"估计今晚不能睡觉了。会议任务挺重,他又是主讲,要是因为精神状态不好,出了差错……"

迟川没有说完,池遇也不敢想。

出了差错怎么办?虽然算不上身败名裂,可是对他的声誉或多或少也会有一些影响吧。

可是他为什么……

池遇想不明白,像是自言自语般,问:"迟川,你说,他来这里到底是图什么?"

"还能图什么,图你呗。"

第四乐章

圣桑《引子与幻想回旋曲》

01.

池遇在教室门口看到许召南的时候有些惊讶。

他插着裤兜靠在门上,像封面模特。

池遇白了他一眼:"你在这里干什么?"

"上课啊。"

"你上课?"池遇看了看教室门口的门牌,确定自己没有走错教室,"可我以前上这节课没见过你啊。"

虽然今年开学没多久,这节课也没上几次,可是他一头黄毛,再怎么也会有印象吧。

许召南酷酷一笑,转身进去:"你没见过的多得去了。"

池遇坐了一会儿才知道许召南说的什么意思,大小号兄弟走进来,对上池遇惊讶的目光,原来他们也在这节课上。

难道自己以前上课真的是全程昏迷状态的?

池遇看着祝北祝西朝她走过来,尴尬一笑,刚准备打招呼,祝北却黑着脸先开口了:"你站起来!"

啊?池遇看了看身边的许召南:"你想和他坐哦?"

"这是我弟弟的位置。"

这就奇怪了,又不是小学生还分位置坐的,池遇说:"可是这又没写谁名字……"

"你!"

"祝北!"祝西低声呵斥,祝北闭了嘴。

除了个子和体格,祝西其实更像哥哥。祝北看着池遇的眼神依旧不善,却跟在祝西后面乖乖坐了别的位置。

池遇就不明白了,为什么这个人要这么针对她?

许召南在旁边笑:"你以为谁都把你当大小姐的?"

"你揪着这三个字能上天对不对?"

许召南摊手:"我也不是对谁都说这三个字的。"

池遇觉得这个什么S团没一个正常人。说起这个,她忽然想起陆小冬来,就问许召南:"陆小冬昨天……"

"我知道啊。"许召南脚一蹬靠在椅背上,"你不是还挺放心地去吃饭了吗?"

池遇一肚子话被堵住了。

许召南斜斜地看她一眼,忽然想起什么来,凑近她问:"上一次也是他对不对?"

上一次？哪一次？抛弃许召南的那一次？

池遇面红耳赤，有些心虚。

许召南不屑地说："你脸红什么？"

"热的，不行？"

许召南笑，很爽快："行，大小姐说什么都行。那你跟我说说，他是你什么人？"

"……"池遇说不出来。

许召南逼问："男朋友？"

"生！"池遇生气地强调道，"男生朋友。"

许召南笑了起来，不知道为什么池遇觉得他的笑跟刚刚不一样，似乎放松了一点，只是语气依旧欠揍。

"他这个年纪要是还是个男生，那就完了。"

什么意思？

哪个年纪，不过也就比她大七岁而已！

池遇懒得跟他讲，下课的时候，她路过祝北那边又被对方阴鸷地拦住了。

"你给我等着。"

池遇以为自己要挨打，却没想到所谓的等着，是第二天上课的时候，那个位置上真被刻上了名字。

应该是拿小刀刻上去的，一笔一画有些歪斜：祝西。

怎么还是跟以前一样幼稚，池遇想。

她随意地找了个位置坐下来,四处看了一眼,发现许召南今天没有来上课。

难怪自己上课会睡觉,她趴在桌子上正这么想着,许召南的电话就打进来了。

"你报了神乐小提琴比赛?"

"对啊。"

"免费伴奏要不要?"

"啊?"

"钢琴伴奏。"许召南说完,没等池遇反应过来,就挂了电话。

池遇听着嘟嘟的忙音,觉得这人真是莫名其妙。

无心上课。

池遇算了算,自己好像已经有三天没有看到陆择深了,也不知道他回来没有。她拿起手机,准备……打电话?发短信?

池遇不敢,后来还是给迟川发了短信。

"迟川,我被绑架了。"

二十分钟没人回,她才意识到自己可能被拉黑了。

可真够狠的。池遇咬牙,在网络上找了半天也找不到影帝的最新新闻。她可真想爆爆热门啊,比如他的玉女床友们。

池遇正这么想着,收到一条短信,是迟川的。

"刚杀青,锦华酒店吃饭。"

锦华酒店,豪宴啊!

池遇回道:"好吃吗?微笑。"

"你过来。"

嗯？池遇觉得奇怪，迟川以前很少让她去哪里，不过正好，她还有一堆账要跟他算呢。

此时的迟川正站在酒店某一层的阳台上抽闷烟。女主角穿着高雅的露背晚礼服，端着酒杯出来了。

迟川瞥了一眼："我俩之间没必要喝了。"

"为什么？"

"担心灌醉你。"迟川有些烦躁。

女主角脸色一红，靠近了一点，醉人的酒气萦绕。她在他耳边轻轻吐息："也许，我已经醉了呢？"

迟川看她，眼里的排斥毫不遮掩。

女主角的心一沉："怎么，洁身自好？"

"过奖，不洁了。"

"那你这是为谁守身如玉？"与清纯柔弱的面容完全相反，女主角咄咄逼人，"你别以为这个圈子没有人知道，你藏着一个女人。"

迟川皱眉，他自己都不知道自己藏了什么女人。

池遇的话，整个一小姑娘，还是他的智障妹妹。

想到池遇，他似乎更烦了。他皱眉，直截了当地说："抱歉，不单独吃饭，不留联系方式，不上床。"

他顿了顿又补充："盖棉被纯聊天也不行。"

"你！"女主角气结，"为什么？"

迟川上下看了她一圈："没什么兴趣。"

女主角气得脸更红了:"好,迟川,你别后悔!"

女主角转身,气势汹汹地往屋子里走,刚拉开玻璃门就撞上一个男人。她正准备发脾气,却及时收住了,因为不能对帅哥发脾气,况且还是这样一个看起来就身价不菲的帅哥。

演员就是演员,她立刻收起不爽,甜甜一笑:"对不起,先生,撞到你了。"

"没关系。"男人的声音低低沉沉的,却看都没看她,径直往外走。

女主角看着他西装革履的背影,生气地握紧拳头。

好气啊!她可是明星!大咖!当家花旦!

为什么全世界都对她熟视无睹?

她咬牙,捏碎了自己所有的伪装。

02.

陆择深走过来,迟川刚好抽完第三根烟。迟川转过来,呼吸,透过缭绕的烟雾看着陆择深:"你到底什么意思?"

陆择深没有马上说话,他坐下来:"我以为你很清楚了。"

迟川走上前:"我虽然不相信你是真喜欢池遇,可还是侥幸地以为你是真的被她对你的感情打动了,想给她个机会。可你现在跟我讲,你只是在为自己参赛的乐团找一个小提琴手?"

"算是吧。"

陆择深没有反驳,他自己都不确定的事没办法肯定或者否决。

迟川更气了,弯下腰抓住陆择深的领子:"你想利用她对你的喜欢让她做她不情愿的事情,你有脸?"

陆择深皱眉:"你不想让她站到属于自己的舞台上?"

最可气的就是这点,还真的是他一手策划的,可是他希望池遇得到的不是荣耀,而是她真正想要的东西。

"别跟我扯这些!"迟川一拳挥到陆择深脸上,"你知道池遇想要的根本不是什么鬼名誉,她这样做,不过是因为那里有你。她觉得只有自己站在那里才足够配得上你,而你连哄带骗地让她站上去,却留她一个人在那里?"

陆择深没有说话。

迟川看不清他的表情,额角青筋掩不住地跳动:"说吧,你什么时候结婚?"

迟川只是想给池遇一个惊喜,所以托助理去找了陆择深这次回意大利的讲座内容。

他一直以为陆择深还是以前那个陆择深,成熟有担当,会试着接受池遇的感情珍惜池遇,最起码给池遇一个机会。却没有想到他在讲座上说什么,将参加国际指挥比赛,现在正在找首席小提琴。

如果对方答应了,应该不成问题可以进入练习。

还有,他有未婚妻了!

真是一口气说完了他接近池遇的所有原因,亏自己还信誓旦旦地跟池遇保证,他图的是你。

放屁!气他,更气自己。

陆择深站在他的前面,气息丝毫不乱地说:"迟川,你可能误会什么了。"

嗯?

迟川没来得及问,目光匆匆一瞥,就看见玻璃门隔着的屋子里一道熟悉的身影。

池遇?她怎么会在这里?

池遇是顺着迟川的短信找到这里的,一路都没什么人拦她,却没有想到进门撞上了大演员。

她还挺眼熟的,据说是跟迟川合作的女主角。

她尴尬地笑:"Hi,你好。"

"你叫什么?"

"嗯?"池遇还没见过上来就问名字的,"我是记者,区区小名不足挂齿。"

"记者?"女主角轻蔑一笑,"记者证呢?"

池遇头疼,不是说这位演员人美、性格好的吗?

她刚准备走,却被抓住,女主角挑起眼角:"你该不会是来找你情人的吧……"

"情人?"

池遇没反应过来,女主角忽然松手往后一倒,跌坐在地上泪眼婆娑,瞬间聚拢了所有人的目光。

女主角站起来,强颜欢笑:"没事,我不小心的,大家继续玩。"

可是大家怎么会当作没看见,女主角被一位女孩子推倒在地,还欲盖弥彰地维护那女孩子。不得了,新闻头条。

瞬间，所有的镜头围过来。

池遇微愣，她这是……被算计了？她想跑，可是找不到突破口。

女主角一脸无辜："你们误会了，我不认识这个小姑娘，她说是记者，嚷嚷着要找迟川，应该是混进来的粉丝吧。"

女主角说着目光移到池遇的手腕上，是一块手表，而在场顺着她的目光看过去的人都意识到，这块手表前段时间是戴在迟川手上的！

池遇笑，心里突突的，却要故作镇定。她大概已经摸清了套路，迟川的短信应该都是这个女演员发的，睡不到迟川想整他的相好。

可是麻烦她找对目标好不好，明明他身边那些女生一抓一个准，为什么抓她这个三千年不跟迟川联系一次的小透明？

池遇心里一横，脸上的表情却厌到极致，她扯着嘴角笑："对啊，我是迟老师的粉丝，喜欢他十几年了……"

十几年前迟川还没出道，如果在场的记者有点脑子，应该可以get到。

她说着，举起手："这个是迟老师同款，淘宝二百还镶钻。"

谁信？

记者们拥上来，池遇正觉得自己要完蛋的时候，迟川却出现了，急匆匆赶来的样子，还有皱眉的表情被明眼人一眼就捕捉到了。

这女孩怎么可能是普通的粉丝？

池遇想假装狂热，甚至都想用室友平时在寝室里看迟川时的表情说："看，我喜欢的人！"

可是她看见迟川后面紧跟着过来的人，却没了底气。

看，我喜欢的人。

周围的闪光灯晃得她眼睛疼，一束束白光间她只能看见陆择深修长的腿朝着她走过来，下一刻便被衣服盖住了头。

整个世界全是他的气息。池遇被他紧紧籀在怀里，听着他沉沉的声音："不好意思，打扰了。"

随后便顺着他的步子踉踉跄跄地走了。

她看不清路，走不稳，忽然陆择深的胳膊伸到她膝盖下，抱起了她。池遇听着自己突突的心跳声，心想自己心里是不是住了一个二突子？整天突突突？

03.

陆择深放下她的时候，已经进了电梯。

她拿下盖在自己头上的西装，就看见陆择深紧皱的眉头，还有嘴角的瘀青。

他打架了？

"你没事？"陆择深问。

池遇摇头，她是被吓到了，可是值。

她想问他怎么受伤了，不过看他面容冷峻，一句话也不敢说，只能低着头理自己的头发，好不容易鼓起勇气却听见陆择深冷冷的声音："锦华酒店今天的记者帮忙查一下摄像机。嗯，有个不该出现的人，不希望她明天和迟川一起上头条。谢谢。"

长长的寂静，池遇觉得陆择深已经挂了电话，才敢抬头，说：

"我……是被骗来的。"

陆择深看了她半天,那眼神分明就是,你怎么这么蠢。

池遇小声咕哝:"你有没有觉得我很单纯?"

装什么小白?尴尬。

池遇要被自己恶心到了,偷偷看了好几次陆择深才终于等到他说话:"池遇,有件事我一开始没有考虑到,不过现在还是要跟你说一下。"

"什么……"池遇肃然。

"那一天我去了意大利,参加一个讲座。"

池遇想起那一天就觉得甜,刚准备客气一点说谢谢,却听着他接着说:"我找你是为了自己乐团的小提琴。"

池遇觉得有一根棒子不小心挥到了头上,她有些僵,低下头没说话。

果然没有无缘无故的靠近啊,天上根本不会掉馅饼。

"所以你对我好是……"

陆择深继续道:"我说了我有未婚妻。"

这下真的是没意思了。

池遇不知道该哭还是该笑,本来就是自己的一厢情愿,是她自己太春心荡漾,还跟个初中生一样,人家对自己好一点就觉得是喜欢,说几句话就被撩得心潮澎湃,可是人家明明什么都没说啊。

自己,果然就这点出息。

"所以你就是为了让我给你拉小提琴?"

这下换陆择深不说话了,他承认自己一开始真的只是冲着她的天赋来的。目的不纯,是他的问题,所以迟川打他的一拳算是应该的。

可是后来呢，从什么时候开始背道而驰的？

他不知道，只是察觉到的时候觉得还不错，如果这条路要一直走下去，那么她一直在身边也不错。

池遇定了定神，笑："没事啊，反正……"

反正什么呢？反正我本来也是要慢慢努力，直到可以站在你身边的。

她本来就准备做他独一无二的小提琴首席，可是没想到他身边已经有了别人。

池遇要哭出来了，可电梯还是没停，这楼怎么这么高，闷得她快要窒息了。

陆择深看了她好久，慢慢说："池遇，还有一件事。"

"嗯。"

"要听吗？"

池遇将眼泪逼回眼眶，心想你之前说的怎么不问我要不要听？

她说："你说。"

"不知道你有没有发现，可是这么久了，我经常会怕你还没有意识到我在追你。"

"嗯……嗯？"

池遇此刻的心情就好像是小时候玩的弹弓，用尽全力拉到最底端，然后松手，"啪"的一声直冲云霄。

池遇怀疑自己可能悲伤过度出现幻觉了，她又确定了一遍："你是不是想安慰我？"

"你不是想问我脸上的伤吗？"陆择深看着她，"把你从迟川身边带走，你哥哥大概有点不开心了。"

"才没有，他巴不得把我踢开。"池遇这么说着，忽然反应过来一件事。迟川连自己是他表妹的身份都不公开，就是担心她被骚扰。他希望她有平凡的生活，可是现在……

迟川，你完了，你愿望落空了。

和陆择深在一起，我这辈子都会是闪闪发光的。

她反反复复还是不敢确定，眼泪也没心情忍了："可是你说你有未婚妻。"

"不然呢？"陆择深停顿了一下，"公布我单身的事情，给你的情敌创造机会？"

不要！

池遇拒绝，她的手心都要被自己抠破了，憋了半天，她终于问："如果你是认真的，那我可以……抱抱你吗？"

陆择深笑，眉头终于松开了，他拉着她的手将她带进怀里。

"不用问，随时可以。"

池遇额头抵着他的胸口，好久才说出话来："陆择深，那现在，你是不是……就是……男朋友了……"

池遇的脸红得烫手。

"我以为这件事我早就跟你说了。"

那一句，不用说我是迟川的朋友，去掉他也可以。

池遇咕哝:"你不说明白我听不懂……"

"那还记得第一次吃饭我说什么了吗?"

池遇不记得了,她想了好久,印象最深的大概是:"你说,你不相信我是迟川路上捡来的?"

"对。"

陆择深放开她,看着她的眼睛,将小姑娘的害羞和怯意全部收进眼底:"大概从那个时候就在追你了。"

"啊……"

"吃了相亲饭,没道理不追你。"

池遇真的觉得脸上有一团火在烧啊,也对哦,孤男寡女目的不纯一起吃饭……还真是相亲饭。她想着,这才意识到陆择深进来后,根本就没有按下楼层,所以电梯还在原处没动。

池遇眼神游移一圈,说:"你看,你那样说谁知道……"

"那我说清楚点。"陆择深的声音好像是来自心上,"池遇现在有男朋友了,是我,陆择深。"

好巧,陆择深也有女朋友了,叫池遇。

电梯忽然打开,迟川站在门口,表情不耐。

从他看着两人进电梯开始就没见电梯动过,难不成还在里面打起来了?

池遇不会,陆择深也不会。所以只有一个可能了,两人缠上了。

简单点说就是干柴烈火,"刺啦"一声烧了起来。

所以他能怎么办,只能贴心地放了电梯维修的牌子在那边,等着他们燃烧完。

毕竟跟陆择深深交这么多年了,太了解他了。

至于打他的那一拳,不打他点伤,他怎么拿去玩苦肉计,玩弄自己那智障妹妹。

亲哥啊!

他环着胸看他们:"聊完了?"

池遇想起陆择深挨的打,想迟川大概是误会了,急忙走出来想解释:"哥,陆择深他没有……"

"没有表白?"迟川问。

"不是!"

"那表白了?"

这人就不能听自己说完?

"答应了?"

池遇泄了气,问:"你生气了?"

"你都叫哥哥了,我有什么好生气的。"

况且陆择深也要开始喊他哥了,他还挺开心的。

"……"

04.

池遇没想到自己居然这么没种,一开始小心翼翼不敢靠近陆择深的念头,现在完全被自己抛在了脑后。

这么说来陆择深可真是魅力大啊，勾勾手指她就不行了。

她没道理说不。

许召南撑着头看她。她笑了一节课了，他也看了一节课，他拍拍她道：“做春梦了？”

池遇回过神来，没好气：“嗯，春秋大梦，梦见自己当皇帝了。”

不知道什么时候出现在旁边的室友一脸妙不可言的表情，说：“谈恋爱的人，心思可真难猜啊。”

池遇心里一动，室友不会是在说她吧，可她保密工作做得挺好的啊！

"朋友圈，微博里，你整天酸不啦唧的无主情话，每一个字都意有所指，有胆子就说出来啊，喜欢了还尿什么？"

"他们不敢，我敢。"许召南懒懒地冒出了一句，"我敢说，大小姐。"

池遇听见许召南叫她，看了他一眼："那你很棒，给你鼓掌。"

许召南盯了她半天，她是真傻还是假傻？

大概是出于同情，他难得没有调侃她。

第一节课下课的时候，许召南拉着池遇没让她走，没一会儿就看见大小号兄弟过来了。他站起来，开口道："陆小冬还在赶来的路上。"

池遇莫名其妙，看了一圈，看出来许召南是把他们S团的成员全召集到这里了。

"我要发言吗？"池遇拉过许召南，偷偷问他。她好歹也是团长不是。

可是许召南抱着胳膊,斜着眼睛看她:"你想当领导?"

"不不不。"

刚好陆小冬进来,扒着门框喘着粗气,仿佛随时都会倒下的样子:"我……我……"

池遇慌忙过去扶她,真怕她一不留神又倒下来。而许召南在那边不知道跟大小号兄弟说了什么,走过来的时候,手里拿着池遇和自己的书包,意思大概是跟他走。

可是去哪儿?

陆小冬的室友跟着过来,从池遇手里拉过陆小冬,陆小冬站不稳,室友就把她的头按在自己的肩上,紧紧固定住,朝着池遇说:"我们在这边练习,你跟许召南去特殊房间。"

"?"

池遇回头看了眼许召南,对方已经走远了。

池遇其实想问问室友,为什么她也来了?可是最后只能迈着小短腿追上前面的许召南。

许召南另外找了间教室,单独让池遇练小提琴,至于为什么,许召南说:"要是他们知道团长的琴技这么烂,还不有多远跑多远?"

她的琴技不烂啊!

池遇刚想反驳,许召南丢了把小提琴过来,说:"圣桑的《随想曲》,会?"

"会……吧。"

许召南从架子上翻了半天，找到一本乐谱，他拍了拍上面的灰尘，说："这样，你先来一遍。"

　　啊……池遇想收回自己刚说的那段话，她最不擅长的就是背乐谱了，照着乐谱拉一万遍她都记不住。

　　许召南似乎看出来什么，问："你是不是不会记乐谱？"

　　池遇很不情愿地点头。许召南没有再说什么，走到钢琴边坐下来，说："我弹一遍，能记住？"

　　说不定可以吧。池遇想。

　　池遇在音乐上仅有的天赋大概就是绝对音感了，不需要基准音就可以分辨一个声音的具体音高，这种能力大多数为先天具备。

　　小时候老师夸她，可这仅仅是她极不擅长记曲谱的救命稻草而已。她只有反反复复听完一首曲子，才可以在脑海里模拟指法和乐谱，继而记下这首曲子。

　　哪里有这么累人的天赋！

　　池遇找了个地方坐下来，听着许召南的钢琴声。她不得不承认，他坐下来静静弹钢琴的样子，真是符合她小时候心目中的钢琴王子形象。

　　至于迟川，大概是知道他的秉性，况且他还是公认的影帝，所以她怎么都觉得他是在演戏。

　　流畅的音符缓缓敲在池遇的心上，她闭上眼睛，模拟着小提琴的指法，空气仿佛凝聚成小提琴，在她手中流出乐曲。

圣桑的《引子与幻想回旋曲》。

小提琴换成了钢琴,就曲子来说,节奏十分别致而富于弹性。

引子部分是带有忧伤冥想的行板,音调像飘落的枫叶在天空中浮动,很有沙龙式的味道;中段的西班牙舞曲灵活流畅、妩媚动人;接着是豪华的琶音,大段奔驰的快弓乐段,使乐曲越往后越精彩动人。

它的音色缤纷,争奇斗艳。

在池遇的认知里,这大概是最能体现小提琴技巧性的作品之一了。

许召南停下来,池遇睁眼的时候就看见他看着自己的眼神,像是在看猴子耍戏。池遇心虚,说:"我记住了!"

"试一下。"许召南做了个请的手势。

虽然也不是什么新人,不过池遇还是有点紧张的。更何况,许召南可真是会毫不留情地羞辱她的人啊。

池遇拉了半个乐章就被叫停,许召南皱眉,弯起手指弹她的头:"你究竟能不能记曲谱?"

明明就是记住了啊……

"这首曲子作者是谁?圣桑还是你?"

"……"

池遇嘟嘟嘴,拉了两下又被打断了。

许召南无奈地坐到钢琴前,翻开谱子说:"一开始就这样,节奏慢一点。"

许召南说着,手指敲了几下钢琴架以示节奏。

池遇大概掌握了节奏,便架起小提琴,顺着他的调子一个音节一个音节地走。

完美的小提琴旋律，让许召南下意识地弹起了钢琴伴奏。

能让他忍不住为之伴奏的人，她还是第一个。

许召南有些诧异地看着她，不过她带给他的惊喜也就是一瞬间的事情。

"是哒哒哒哒哒，不是啪啪啪啪啪！"他的声音不自觉提高。

"压住！转音！"

烦死了！

池遇心底愤怒，一气之下"嘭"的一声颤音，琴弦断了。

许召南的钢琴音也应声而落，池遇也有些蒙："这个绝对是小提琴放久了，自己断的。"

许召南大概是气到没脾气了，揉了揉前额道："算了，今天就先这样吧。"

池遇如蒙大赦，松了口气。

许召南难得没有继续调侃她，话锋转了一百八十度，问："之前说的事考虑得怎么样？"

"什么？"

"比赛。"

池遇想了想，其实之前她有好好考虑过，小提琴独奏和钢琴伴奏的确都是加分项。可是现在看来独奏恐怕……

可她也不认为钢琴伴奏是个好主意，因为至今还没有人能跟得上她的调子。她一旦投入音乐的世界就太过忘我，甚至忘了曲子原本的节奏，弹出来就成了原创。

所以一直以来，她都没办法加入管弦乐团进行合奏训练，也因此一直没敢靠近陆择深。

可是能怎么办？她也没办法啊，她也很绝望啊。

"就这么定了吧。"许召南似乎没去看她眼底的迟疑，拽着书包带子站起来，"曲子我定好了，就《卡农》吧。"

"你是认真的？你刚刚不是见识到我的……实力了吗？"池遇没跟上他光速般的节奏。许召南顿了一下靠过来，目光和声音一样懒懒的："我哪句话不认真了？"

池遇认真想了想，事实上什么都想不起来，只能有些愚笨地问："那你帮我，图什么？"

图什么呢？

许召南笑，好久才说："组团遇到了点问题，团长必须拿出点成绩，否则学校那边不能通过。"

池遇信了。

"还有这样的啊，那……"

"那五月份的校乐比赛上，你也必须拿到名次才能让我们站稳脚。"许召南一本正经的样子，把池遇唬住了。

明明这个烂摊子是眼前这个人扔给她的，她却觉得肩上没来由地被压得一沉，怎么都觉得这是自己与生俱来的任务了。

许召南看了她半天，弹了弹她的额头："明天下午在钢琴教室等你。"

哈？

许召南根本不是在询问她或者邀请她去钢琴教室，而是通知她。

明明她是团长哎,他凭什么用这个语气通知她?

至于池遇什么时候开始接受团长这个身份设定的,大概一开始的拒绝就只是故作忸怩的口是心非吧。

顺遂心里想法的感觉真好,池遇想。她看着许召南的背影,黄灿灿的头发,书包搭在肩上,他凭什么敢在团长面前这么酷?

05.

晚上,池遇躺在床上睡不着。

她反反复复地捋着这些事情,从陆择深出现开始到迟川帮她报名的小提琴比赛,再到忽然加入校管弦乐团。

除了陆择深的表白之外,其他的都是一步一步按照计划来的,至少是她心底设想的那样。

她要变得足够好,足够优秀地站在他身边,而不是像现在这样一步登天,每一步都好像是他拉着她走出来的。

陆择深,只有陆择深,是她循规蹈矩的人生中一道巨大的平地惊雷,让她乱了方寸不说,还改变了她的人生轨迹。

而她自己不仅趋之若鹜,还甘之如饴,也只有这么想,她才能静下来。

正这么想着的时候,陆择深的电话就打过来了。

这下好了,白静了半天。

池遇披着被子腾地从床上跳坐起来,表情瞬间变得庄重而虔诚。室友吓了一跳,白了她一眼:"你沐浴焚香呢?"

事实上，池遇心里真在犹豫自己到底要不要沐浴焚香之后，再来接这个电话——来自男朋友的电话。

不一样了，以前陆择深是迟川朋友，现在是她男朋友。可是……要说什么呢，他会说什么呢，不说话岂不是很尴尬？谈恋爱的人究竟是什么样子的呢？

急切的电话铃声没有给她太多的时间犹豫，池遇接起来，郑重地说了声："在！"

那边顿了一下，似乎有些被这气势吓到了。

"你在睡觉？"

"没有。"在想你。池遇只敢说前半句，真尿啊。

她想了想，补充道："在沐浴……"

说完又觉得不对，大概是室友刚刚那句"沐浴焚香"误导了她……

池遇赶紧改口："是在摸鱼，我发音不标准。"

短短的几秒钟，池遇的心里仿佛上演了一出孙悟空大战白骨精的戏，真的累，纠结完之后还是不知道该说什么。

好没用。

"池遇。"

陆择深刚从音乐剧院出来，门口正装出席音乐会的人相继离去，远处路灯明明灭灭。他本来是准备带她来的，可是看了她课表，小女朋友好像比他还要忙，所以只剩自己一个人。

至于为什么要打这个电话，陆择深想，有件事是怎么都不能让她得逞的。

如果池遇是一池春水，那么他必须时时刻刻撩起涟漪，不然她一静下来就退潮的设定实在太让人头疼了。

　　"陆择深……"池遇大概以为陆择深也跟她一样不知道该说些什么，小心翼翼地喊了声他的名字。

　　"不紧张了？"

　　"我本来……就没有……"

　　不知道是不是因为夜色太浓，他的声音又多了几分磁性："你不用怕，我可以和你走一辈子的。"

　　……

　　池遇要疯了，他这是什么意思？嗯？许诺一生的意思吗？！

　　她不知道该说什么，极不擅长处理这样突如其来的亲密关系。她怀疑自己的笨拙会不会让他觉得无聊，害怕他后悔做出那个决定。

　　可是他却说不用紧张，不用怕，即便如此，你依旧可以陪我走一生。

　　池遇紧紧咬着下嘴唇，直到嘴上传来痛觉才回过神，说："陆择深，你为什么……这么擅长应付女孩子？"

　　那边的人似乎是被问住了，池遇心里越发硌硬起来，加上许召南之前说什么在他这个年纪要还是个男孩子，那就完了的话，她有些不自在了。

　　她好像有点得寸进尺了，可是好气啊！

　　就在她正准备质问时，听筒里陆择深的声音带着无奈的笑意："你在吃醋吗？"

　　"……"

"对，女朋友吃醋了！"池遇是埋进被子里说完这句话的，整个人从耳根红到了脖子，她觉得自己太恬不知耻了。

"可是我还没有见过女朋友吃醋的样子。"

"啊？"池遇心里一动，女朋友真是一个让人随时随地想起飞的称呼啊，丝丝甜意弥漫开来，一扫刚刚的忸怩。

陆择深却没有再多说下去："算了，不早了，等了这么久了也不多这一晚上，今天好好休息，我明天过来接你。"

池遇还没来得及细细品一品这番话，陆择深就挂了电话。

什么叫……等了这么久？

他在等自己吗？等自己去见他？还有明天来接自己是什么意思？

内心的涟漪久久不能平息，陆择深想自己了吧，就像自己以前不曾停止过想他一样。真好啊，想念得到回应，就这么真真切切地传达到彼此身边。

谈恋爱真好啊。

池遇从床上跳下来，在洗手间里收拾了半天，出来时已经衣着规范了。

室友上下看了她一眼："约会？"

很明显？

不光动机很明显，就连她心底的疑惑也特别明显，室友翻了一个大大的白眼："池遇，恕我直言，你好像又变蠢了点……"

"……"

池遇懒得跟她讲，顺手拿了桌子上的包就跑出去了，天知道她现在的心情有多迫切。

曾经妄想过无数次的人,忽然出现在自己眼前,这种心情她还没来得及体会过,所以要给陆择深先尝尝。

一定很甜吧。

学校南门口就是他们学校著名的堕落街。

其实也没那么堕落啦,就是汇聚了所有的小吃店、路边摊,还有网吧之类的休闲娱乐场所一条街。

晚上九点正是人多热闹的时候,来来往往的车辆,下课的学生拥挤在一起,互相调侃嬉笑,池遇真羡慕这群年轻人啊。

不像她,这么晚赶着谈恋爱。

嘴角莫名其妙的笑意来不及藏起来,池遇刚抬头就看见了马路对面的灯红酒绿掩映下的许召南,黄头发果然是很显眼的。

池遇想装没看见,可是对面的人似乎更早就已经注意到了她。

"跑什么?"许召南两步走过来,悠悠地绕着她转,"大小姐这是去哪儿?"

"闷,四处走走。"

"约会?"

"……"她是把约会两个字写在了脸上吗,为什么全世界都知道?

许召南懒洋洋地笑着说:"你室友无意间告诉我的,她大概以为你是来找我约会的,叮嘱我门禁之前送你回去。"

她室友还真是拥有一颗老母亲一样的心。

池遇刚想说什么,许召南身后蹦蹦跳跳跑过来一个女孩子,手里拿着一个玉米。

池遇记得她,准确地说是她的绿色眼影,她是那天在祈愿林见到的拉小提琴的糖果女孩。

"许召南!"糖果女孩似乎终于注意到面前的池遇不单单是路人那么简单,盯着她看了半天,仰着头斜睨着她说,"这就是你的大小姐啊。"

"不是,她是伏地魔。"

"?"池遇莫名其妙,许召南说着,一把拉着池遇往回走。

池遇嚷嚷道:"去哪儿,我要出去啊,我不回学校。"

"我送你。"许召南酷酷地停在一辆机车旁,将头盔取下来扔到池遇手里,长腿跨上车身,动作一气呵成,可是自始至终都没看那个糖果女孩一眼。

池遇抱着大红色的头盔,冰冰凉凉的。她偷偷看了那女孩一眼,对方正眯着眼睛不怀好意地看着她。

怎么说呢,那眼神能激起她一身鸡皮疙瘩。

"还不上来?"许召南的声音砸下来。

池遇慌忙戴上头盔坐上去。

发动机轰轰的声音响起来,盖住了那女孩在后面边追边喊的声音:"许召南,我知道是她,她就是你……"

糖果女孩后面的话,池遇没听清。她撑着车子后面的支架,看着许召南耳后到下巴的轮廓,心想,没想到许同学也是一个有故事的男同学。

车子停在文化路口的商场门口，许召南靠在石柱上，酷酷的，手里就差一根烟了："你怎么这么蠢？大晚上光顾着跑出来，却不知道自己要去哪儿？"

池遇听着电话里面的忙音："闭嘴，我马上就知道了！"

的确，她一时被荷尔蒙冲昏了头脑，根本不知道陆择深住哪儿，更不知道他在哪儿。

他还真是个谜啊。

明明什么都不知道，却喜欢了他这么久，真刺激。

池遇思前想后，决定还是先给迟川打电话吧，反正她不可能去找陆择深问吧？明明是惊喜，怎么都不能让它变成惊吓。至少不能让陆择深觉得他有一个这么不省心的女朋友。

可是，听筒里反反复复传来冰凉的女声："对不起，您拨打的电话不在服务区。"

这年头还有不在服务区的？过了一会儿，池遇才明白过来，她大概又被迟川拉黑了。

好气，十几年就会拉黑人！

许召南没管她，池遇就蹲在一边反反复复地打着迟川的电话。

怎么会有这么笨的人？许召南走过来道："现在回学校也来不及了，寝室应该关门了。"

"我知道……"她不甘心。

"起来。"

"去哪儿?"

"总不能在路边蹲一晚上吧。"

"……"

许召南在附近找了家酒店——月亮湾,迷情的灯光照着池遇被风吹得通红的脸……

池遇有些迟疑,不敢进去:"许召南,你不会要开房吧……"

许召南停好车子绕过来看了她一眼,看完满脸不屑地往前走,丢下一句话:"你放心,你是大小姐,我负责保护你。"

池遇跟上去,至少在许召南办好手续带她去电梯这段时间她是不敢抬头的。甚至进了房间,池遇也是束手束脚不知道站在哪儿比较合适。

"许召南……那你……住哪儿啊?"算是问出来了,许召南挑眉看她,"怎么?用完了,就要把我踹开?"

"不是……这不是孤男寡女很不合适嘛……"

许召南没说话,四处检查了一圈,说:"我就去隔壁网吧,你有什么事给我打电话。"

池遇点点头,许召南大概是看出来她还挺害怕的,毕竟从小到大这还是她第一次一个人住酒店。

这都得怪迟川吧。

许召南看她半天没说话,问:"饿了吗,我去给你买点吃的?"

饿?的确是有点,可是……

"那我现在……一个人在这里?"

"不然呢,你要跟我出去?"

"那还是算了吧,我就在这儿等你。"

孤男寡女同处一室不说,还在酒店同进同出。

大概是迟川那些乱七八糟的绯闻给池遇的心理上带来了压力,所以她怎么都觉得躲在房间拉好窗帘是最好的选择。

池遇朝着许召南挥挥手,许召南走两步又回头:"你想吃什么?"

"鸡米饭……"

还真是大小姐,这个地方上哪儿给你找鸡米饭?

许召南没说出来,他走到门口,无奈道:"等我回来,别乱跑,也别随便开门。死了我不管。"

"哦……"

池遇目送许召南离开。

坐在床上闲着无聊又给迟川打了次电话,这次接通了,事实证明迟川刚刚可能真的不在服务区。

"你在哪儿?"迟川接起来就劈头盖脸地问。

池遇有些蒙:"你还记得你有个妹妹不见了?"

迟川刚在深山里拍完戏,回到附近的农户家好不容易找到点信号,就看见池遇的定位有些不对劲了。

酒店?

陆择深应该还没到在一起第三天就把人往酒店带的地步吧,难道池遇还学会爬墙了不成?

迟川先给陆择深打了电话，装作气急败坏地说："陆择深你是欲火焚身了？我妹还没毕业，你就带她去酒店？"

陆择深很明显被问愣了，还反问了一句："迟川？"

"是我。"迟川说，"池遇还小，挺好骗的，你别骗她……"

"她没跟我在一起。"那边沉寂片刻说，"可能有什么事情，你把地址给我，我先跟她联系。"

迟川挂了电话，有种奸计得逞的嘚瑟，他立马给池遇打了电话。

池遇在电话那边倒是老老实实把事情交代了，还真傻，纯傻。

迟川揉着太阳穴，说："现在跟谁在一起？"

"一个人，还有许召南，他出去给我买吃的了。"

迟川并没有问许召南是谁，关注点全在陆择深现在就要过去捉奸的这件事上，说到最后，他好心提醒了一句："陆择深可能待会儿就过来了。"

"……你告诉他了？！"

"我告诉他，你在月亮湾。"

迟川没等池遇发飙就挂了电话，剩下无头苍蝇一样的池遇，握着手机站也不是，坐也不是。

为什么她会有一种……被扫黄无处可逃的感觉？

池遇想不出来要怎么办才好，许召南的电话这个时候又打不通。

她等了好一会儿，咬咬牙，心想要不跑吧。可是刚开门，就看见了出电梯的男人。

"啊！"池遇尖叫一声，下意识就想躲到屋里"嘭"的一声关上门。可陆择深的腿也太长了点,她还没来得及关门,他就卡住了门。

他的手握着门框,池遇没舍得夹下去。

"想跑?"陆择深的声音透过窄窄的一条缝传进来,池遇瞬间偃旗息鼓,她开了门,主动低头认错:"对不起!我只是……"话没说完,便被拉入了一个温暖的怀抱。

陆择深的怀抱可真舒服啊。

她所有的愧疚全部变成被他抱住的这一刻的甜蜜。

"对不起什么?"陆择深沉沉的声音在头顶响起。

池遇闷在他的怀里,说:"我乱跑……"

"不是这个。"陆择深否定了她的答案,退开点距离,看着她的眼睛,"你吓到我了,池遇,我大概是第一次害怕什么事,来的一路上都在想,你出了什么事我要怎么办?"

陆择深的声音像是一声漫长的叹息,他说:"我好不容易才等到的女朋友,要是没有保护好她,怎么办?"

池遇觉得自己要哭出来了,哽咽得口齿不清:"对不起啊,我就是想把一个吃醋的女朋友送到你面前,可是现在只剩一个没胆又没种的女朋友了,你要不要?"

陆择深很努力才没让自己笑出来,其实来之前,迟川已经补了个电话跟他说明情况了,不过该说的还是要说,该恐吓的也不会落下。

对,他故意的。不过现在看他怀里的小女朋友,效果还不错。

陆择深安静片刻,看着她唇上被咬出的印子,眼神微动沉着嗓音说:"要。"

池遇心里湿漉漉的一片，被感动得一塌糊涂，眼前的这个人，她真的好喜欢他啊。

池遇就这么稀里糊涂地被陆择深带走了，坐到车里的时候才记起来还有许召南，她慌忙拿出手机给他发了条短信过去。

陆择深的车子从地下车库驶出来，路过酒店门口的时候，她没有看见许召南，可是许召南却看见了就这么走掉的她。

许召南停下车子，一脚撑着地面，看着车窗里池遇的脸，她低着头按着手机，然后他的短信提示音就响了起来。

他没有去看，一直到车窗摇了上去，车子融进扑朔迷离的夜色之中，他才拿出手机。

"许召南，我找到组织先走啦，今晚谢谢你，改天请你吃饭。"

他脸上没什么表情，路边的小男孩冲过来，不小心撞到他，手里的打包盒掉在地上，洒了一地热气腾腾的鸡米饭。

小男孩的妈妈跟着过来，慌忙道歉。

许召南看了他们好久，又将目光移到地上他跑了两条街才买到的饭上，她应该不饿了吧，所以无所谓了。

不饿就好。他轻声说："没事。"

许召南戴上头盔，发动车子，掉头朝着车流中驶去，走之前没有忘记给池遇回短信。他说："好，我等。"

第五乐章
克莱斯勒小提琴协奏曲《爱之喜悦》

01.

池遇没想到自己误打误撞还真被陆择深带回家了。

内心的悸动与忐忑不言而喻。

陆择深停好车,带她走进一片别墅区,绿荫在夜色中更显幽谧,周围静得只剩下她的脚步声,紧跟着他的每一步。

陆择深回身看她,池遇被看得不好意思,问:"怎么……"

看来她大概没明白他将车子停在外面走这么长一段路的用意,果然是笨到令人发指啊。

陆择深朝着她勾勾手指:"过来。"

"啊?"

陆择深朝着她点头。

池遇会意,扑上来握住他的手,心里喜滋滋的,说:"陆择深,你真就这么把我带回家吗？"

"不然呢，捡回来哪儿有再扔掉的道理？"

"那……"那你们家的人要是觉得我这个女孩子太不学好，这么晚还在外面鬼混，对我印象不好怎么办？

池遇没敢问这么长一串。

陆择深笑："这里除了一个叫爷爷的，没有别人。"

"啊？"什么叫……叫爷爷？

陆择深说的爷爷是陆恒之，池遇是后来才听迟川说的。陆恒之大概只在年纪和姓氏上算得上陆择深的爷爷，他们并没有任何血缘关系。

事实上，很久很久以后，池遇也没有见到任何一个与陆择深有血缘关系的人。

池遇刚进门，看到的就是金色包漆沙发上坐着的老人，一身端正的金红色唐装，气派威严，满脸都写着不悦。

池遇握着陆择深的手都不自觉地抓紧了，她小心翼翼地看着陆择深："他……"

池遇的确是脑补了一场封建家庭的包办婚姻，有一种小媳妇被领进门的感觉，紧张是在所难免的。

陆择深朝她笑了笑，随即看着沙发上的老人，说："爷爷。"

老人的目光缓缓移过来，眼睛眯成一条缝，透过那道缝里射出来的目光，让池遇不自觉地挺直了腰背，鞠了一躬："爷爷好。我是池遇。"

"我女朋友。"陆择深补充，"你的孙媳妇。"

什么叫孙媳妇？池遇心里发甜，想笑。

可她刚直起身子就对上了老人审视的目光。

在池遇浅薄的认知里，爷爷辈的老人对自己孙子的这种事情都挺敏感的，可能待会儿就要开始长达几小时的门第礼仪之类的教导。

完了，那样陆择深会不会夹在中间很为难啊。

两人四目相对，一、二、三……

她心里的三秒钟没数完，陆恒之苍老而威严的脸就在眼前放大了好几倍，像是卸下了面具般，忽然变了很多。

怎么说呢，混浊的目光里透着一丝狡黠，像是奸计得逞的样子。

池遇后退了几步，怯生生地喊了句："爷爷。"

"叫我什么？"

"……"错了？池遇不敢说话了。

"别闹。"陆择深将池遇护在身后，脸上无奈，朝着陆老说，"今晚我们暂时住这边。"

陆老不乐意了，背着手看都不看他："你小子回来后就没住过这里，今天你说来就来，不行，我不准。"

池遇这下是真的愣住了，刚刚那个令人不寒而栗的陆老先生呢，现在怎么看……都像吃醋撒娇的小孩。

陆老眼角余光注意到池遇的表情，索性也不装了，他一把把她拉过来："小女朋友我收下了，毕竟都喊我爷爷了，你出去，这里没你的房间。"

"啊？"池遇一个趔趄被拉过去，也不敢挣扎，虽然陆老没有看起来的那么凶，可是她也不可能站在陆择深的对立面啊。

池遇想走回去，却被陆老攥得更紧了，池遇想哭："爷爷，我不行的，我得跟他一起。"

"他又不是小孩子还要人陪？我不一样，你陪我玩。"

"……玩？"

陆择深似乎并没有把陆恒之的话放在心上，他径直走进去，朝着保姆说着什么。

池遇没听清，就听见陆老的声音，底气十足："不行，小鱼住二楼你的房间，你住一楼杂物间。"

保姆有些为难地看着陆择深："陆先生……这……"

"没事。"陆择深没反驳，由着陆老去了。

至于池遇，他刚转过身，池遇就被陆老拉着跑不见了。

池遇被陆老一路拉到院子里，心里慌慌的。

该不会要单独审问吧，那该怎么办，她还不确定自己喜欢陆择深有没有到天崩地裂的程度。

陆老停下来，看着她一副怅然若失的表情，很不乐意："那小子有什么好的，还离不了了？"

池遇咕哝："什么都好。"

"你说什么？"

"啊……"

"我告诉你，我年轻的时候比他要迷人多了，这小子比不上我那时候一半呢，他要是在我那个年代，怎么都轮不到他。"

池遇坐在花圃的藤椅上,大晚上的,也难为陆老还有心情除草,她听着陆老絮絮叨叨说着陆择深的种种坏话,心思却全在陆择深那边。

他怎么还不来呢?她想他了。

手机响了一声,她慌忙拿出来,果然是他。

陆择深说:"抬头。"

池遇抬起头,她大概这辈子都忘不了这样一个场景。陆择深站在二楼的阳台上,风吹着他额前的碎发,他的背后就是漫天的星光璀璨,而他的眼里有一大片银河。

池遇忽然否认了一开始的想法,她很确定自己喜欢陆择深,已经到天崩地裂的程度。

陆老停下来,说:"你说他是不是浑?"

池遇笑起来,喃喃道:"可是我喜欢他啊。"

"那我呢?"陆老表情分外委屈。

池遇站起来,郑重地朝他鞠了一躬:"谢谢你把这么好的人带到我的世界里。"

池遇说完就跑了,她想抱抱他。

陆老说,陆择深和他没什么血缘关系,只是他一个老朋友的孙子。

陆择深爸妈浑,生下他就扔给了陆老的老朋友。而老朋友身体不好,一个人带着陆择深到八岁就去了。陆择深无处可去,陆老见他可怜就领了回来,带到了意大利。

说起来,陆老是想给陆择深一个家,可是这小子倔,他费尽心思也只是给了陆择深一处避风躲雨的屋檐，让陆择深不至于冻死在街头而已。

再长大一点这小子就全靠自己了。吃穿不要他管，凭着一己之力走到今天。明明自始至终都有安逸可享，哪怕是他现在的地位，陆家也可以给他，可他硬要自讨苦吃，是不是浑？

才不是呢。

池遇想，不吹不擂，他是全世界最好的人。

02.

池遇几乎是扑进陆择深怀里的。

陆择深笑："怎么？他欺负你了？"

"没有。"池遇在他怀里摇头，好久才说，"你不是说想抱你的话，随时都可以？"

陆择深环手抱住她："是，可是你今天好像一直在撒娇。"

"有吗？"池遇瞬间变得僵硬。

陆择深想了想，很认真地说："有。"

池遇偷偷吐舌头，忽然想起什么来，问："你晚上在电话里说，明天接我，接我去哪儿啊？"

"不是已经接到了。"

"啊？"

"回家啊。"陆择深说，"如果我没记错，你还有神乐小提琴比赛。"

现在不是谈恋爱的时候吗，为什么要这么扫兴？池遇心里狂啸，嘴上尴尬地扯着笑："啊，是呢。"

遇见你的时候才二月风正凉，转眼已经四月了。

四月啊，过得又快又慢。

"一开始觉得在学校秦教授指导你也可以，不过既然现在不一样了，我大概需要亲自指导你。"陆择深说着，转身进了屋子，从黑色的文件夹里拿出什么东西。

池遇还站在阳台上回味着他的那段话，她觉得自己可真会抓重点，不一样……哪里不一样，陆择深嘴可真甜啊。

池遇盯着他的背影看了半天，陆择深回过头，对上她痴迷的眼神，说："有问题吗？"

池遇厚着脸皮，问："有什么……不一样？"

陆择深抿着唇，思索片刻："还没明白？"

明白，可是想再听一遍。

池遇想不承认，可是眼睛瞥见陆择深手里的东西的时候，立马收回了自己所有的忸怩姿态。

他手里的不是她的毕业论文初稿吗？他哪里来的？

池遇几乎是飞过去的，扑到他面前从他手里抢回自己的稿子，羞愧难耐："你你你……你不会看了吧！"

陆择深意味深长地看她，那表情好像在说看完了，甚至想点评一下。

"你你……你不准说！"

池遇脸通红，鬼知道她疯狂赶论文的时候脑子里面在想什么，标题没什么问题，《浅谈小提琴奏鸣曲中的小提琴与指挥》，可是内容有问题啊，里面哪一个字不是脑补着自己和他协同演奏的场景写出来的？

还有举例法里，她见识短浅，知道的指挥家除了他没有别人，三万字的论文里每一个字都是在夸他。

这么令人羞耻的东西，他居然看了？

池遇把论文藏在背后，想跳楼，偏偏陆择深不知死活，格外神清气爽的表情，说："你喜欢我，是什么需要藏起来的秘密吗？"

在我知道这件事之前，我喜欢你已经是全世界都知道的秘密了。

笨。

陆择深无奈，说："从明天开始，两天的时间，我们一起训练一下。"

"你的意思是，我在这里，住两天？"

而且是在一起，同居呢，双修呢！

陆择深一副不以为然的表情。

池遇害羞道："可我……什么衣服都没带呢。"

"这个准备好了。"

嗯？池遇惊，想了很久才敢问："你很早就决定带我回家了？"

"算是吧。"

"什么时候？！"

从你觉得你喜欢我是秘密的时候。

池遇没跟陆择深腻歪多久，陆老就上来把陆择深给赶到杂物间了。

池遇想说，明明二楼有这么多房间。陆老看出来她的疑惑，说："晚上离你太近，我怕他做出什么出格的事情。"

池遇实在想不出来陆择深这种满脸禁欲的人能做什么事，不过她还怕他不做呢。

当然，池遇只敢在心里想，脸上还是对陆老笑嘻嘻："嘿嘿嘿，不会啦。"

"他会不会我还不清楚，这小子闷着坏。"

可是池遇就喜欢闷着坏的人。不对，是这个人，怎样她都喜欢。

"够了！"陆老不开心了，"不要笑了，快去睡，我帮你守门，不会让他随便进来。"

"守门？"

"现在我是锦衣卫，你放心吧。"

池遇笑，觉得陆爷爷可以和迟川 PK 一下演技，从进来开始，他至少变了十个人的样子。

她真的十分感谢当时是陆爷爷接他回家了啊，至少不用面对电视里演的那种大户人家的钩心斗角。

他从始至终都可以安然地做他自己。

可是那个时候的池遇不知道，她所看见的，美好的、轻快的，都是陆择深费尽心机给她看见的一小部分，而隐藏在乐曲中魔鬼的音节，她看不见也听不见。

陆择深在楼下坐了很久。

陆恒之下来,看着他长长地叹了口气:"还不睡?"

"等她先睡。"陆择深喝了口水。

陆恒之无奈地摇头,索性坐下来跟他谈点正经事:"指挥比赛还有五个月吧。"

陆择深没想到他会忽然提起这个,他说的是门第威尔国际指挥比赛,国际上最具有权威性的指挥比赛。

是他奶奶的遗愿,也是他毕生的梦想。

可是最重要的是什么呢?

曾经抛弃他的那个男人,他父亲的另外一个孩子,也在那场比赛上。说不上什么感觉,可他从小到大唯一一次失败,就是在一年前的同等级的比赛上,输给了那个同父异母的弟弟。

所以这一次他不想输,也不能输。可是他沉浮一年,依旧没有一点把握可以赢。

陆择深这辈子都没想过,他居然也会害怕,像一个逃兵。

陆恒之接着说:"你忽然回国,指挥界都在关注着你的行动,上次你的出现在娱乐新闻上已经让大家有了不少猜忌。不管怎样,既然想好好比赛,就先低调点好。"

陆择深没说话,闭着眼睛靠在沙发上,有些累。

03.

池遇算了好久,自己大概是有三年没有早起过了。

她给自己定了好几个闹钟，从七点到八点，终于醒来的时候，窗外花香阵阵，鸟鸣悠悠。

陆老可真有情趣。

她收拾好了自己跑出去，陆择深大概还没起来。

陆老在院子里浇花，见了她喊道："快过来帮我浇水。"

池遇有点不情愿，陆老白了她一眼："他出去了，中午才回来。"

"去哪儿了？"池遇踱着步子过去。

陆老没说，将喷水壶扔到她的手里，脱下身上的围衣喊着"累死了，累死了"就往屋子里跑。

池遇无奈，只有蹲在地上看着阳光透过水柱洒下的彩色光晕。

快到中午的时候，电话响起来了，池遇眼睛一亮，可是看到屏幕上的名字时，却有些失望。

"在哪儿？"是许召南。

池遇声音没什么起伏："天上人间啊。"

"你没有忘记什么事？"

"什么？"难道他说的是请他吃饭那件事，池遇连忙摆摆手，"哎呀，没忘，请你吃饭的事早晚跑不掉的。"

许召南那边顿了片刻，没再说什么，挂了电话。

池遇觉得他有些莫名其妙。

许召南这边已经集齐了乐团的人，就差团长小提琴了。

祝北眼神不屑地看许召南："这么野的人凭什么当我们团长？"

"凭她是大小姐。"许召南说了句，没人听清，他也没再重复。

祝西安慰许召南："小提琴你也可以吧，我们可以先练着。"

许召南没想到祝西会知道他会小提琴，有些意外。

祝西顿了好久才说："我以前见过你，不过那个时候你还是黑头发，不怎么说话，总是坐在最后一排。"

许召南嘴角勾起一个笑，是的，黑头发，很安静。

至于为什么染色，大概因为黄色更打眼吧，不然有人这辈子都不会注意到他。

陆择深到下午两点左右才回来。

池遇真的无聊到爆，看到他的车子开进来的那一刻才意识到，既然可以进来，为什么昨天晚上要停那么远？

她迎上去，陆择深看起来似乎是有些累了，见到她的时候揉了揉偷偷塞进自己手掌心的手。

"上午练琴了吗？"

"练了！"池遇很乖，还吵到陆老午休了，举着花杆就要来打她，于是一个追一个跑，她仿佛刚玩完一场跑酷。

陆择深眯了眯眼睛，池遇在他面前永远都是乖巧听话的样子，至于那个到处疯跑闹腾任性的她，他好像从来没有见过。

陆择深想说什么，最后还是放弃了，毕竟来日方长。

池遇完全弄不清陆择深在想什么，跟着他回到琴房。

陆择深打开钢琴，问："有什么擅长的曲子吗？先试试。"

没什么擅长的,池遇说:"《爱之喜悦》?"

这其实是她想向陆择深传达的心情。

不过陆择深不吃这套,表情没什么变化,只是没有反对,示意她可以拉下去。

《爱之喜悦》是克莱斯勒最具代表性的名曲。

全曲为三段式,充满喜悦欢乐浪漫的情调,极富沙龙风味,中段十分温厚亲切。

池遇拉小提琴很有特色,而就这首曲子来说,她恰好在运用三度双音上独具一格,把小提琴的华丽、灵秀表现得韵味深沉。

只是……

陆择深的眉头越皱越深,又来了!

池遇架着小提琴,闭着眼睛大概是沉浸在自己的音乐世界了,没多久就开始节奏跳跃,拉琴的手法越来越令人捉摸不透。

像是……

怎么说呢,一首曲子出来,每个音节都是规规矩矩落在五线谱上的符号,而池遇的曲子却完全找不到音符的落点在哪里。

大体上只有乱。

池遇算是从音乐中醒过来了,低头抬着眼特别小心翼翼地看着陆择深,完了,眉头皱得这么深……

她的声音细如蚊蚋:"是不是……很垃圾……"

陆择深似乎是回味了很久的表情:"和我记忆里的很贴合。"

记忆里？也就是她去意大利的那次"车祸现场"？他记得什么不好偏偏记得那个。

池遇不甘心，抠着琴弓："那时候状态不好，你难道没有发现其实我还是有一点点进步的？"

陆择深沉默了半天说了三个字："……很稳定。"

池遇并不想要这种稳定好吧，为什么这个人除了谈恋爱很会说话之外，就没说过好听的话呢？

算了，谈恋爱就已经是全世界最美好的事情了，池遇莫名其妙地在心里怪罪了他一场，又在下一个瞬间原谅了他。

这种感觉真幸福。

陆择深之后就没再出去了，陪池遇进行了两天的封闭训练。

不过他严肃起来还真是一丝不苟，至少练琴的时候池遇完全不敢造次，都不好意思提醒他两人之间的关系并不全是师生关系，还有其他更进一步的。

她总觉得陆择深好像忘了这事。

最后一天的时候，陆择深把自己关在书房很久。

池遇问陆老："他不出来吃饭吗？"

陆老意味深长地叹了口气："不管他，他不出来就把他锁在里面，让他想出来都没办法。"说着就去找锁了。

尽管相处也才两天，不过池遇总觉得陆老还真做得出来这样的事，所以趁着谁都不备，她也想溜进去。

同生死，共富贵，这才是恋人该有的样子啊！

池遇小心翼翼地拉下门把，居然没锁？那自己为什么不早点进去？

她缓缓推开门，屋子里昏黄的灯光和流水的声音相继涌出来，外面似乎传来陆老回来的声音，池遇一个惊吓，迅速钻了进去。轻声关上门，动作一气呵成。

可是……屋子里面却没人。

那陆择深在哪儿？她四处看了一眼，陆择深还真的在洗澡！

池遇听着哗啦啦的水声，觉得自己像一个偷窥狂，脸已经红得不成样子。

外面的陆老在门上弄出细微的声音，混着他嘀嘀咕咕的声音，大概是锁上了。池遇厌了，没有出声，其实只要她喊一声，陆老应该也不会真把他俩锁在一起。

可是池遇想，锁在一起一晚上……也没什么不好吧。

假装是巧合的预谋。

谈恋爱的人，心思可真重。

这么想着池遇忽然觉得兴奋，她深吸几口气使自己平静下来，试图安抚自己，说不定陆择深待会儿出来自然有办法出去呢。也不会真在一起睡一晚上吧，虽然她求之不得。

池遇小心翼翼地往里走。

这个书房也算是设备齐全了，整整三个原木书架上摆满了音乐相关的文籍，最角落有一架钢琴，很古老的样子。

她只知道陆择深从小就是在音乐的熏陶下长大的，看来陆爷爷应该也是深藏不露的音乐大师……

只是不知道是哪方面的。

再往里走有一间简单的卧室，配着一张单人床。干净整洁，看一看就有一种想睡一睡的欲望。

池遇不知道这间屋子具体是用来干什么的，不过麻雀虽小五脏俱全，毕竟连浴室都有。

等水声停下来的时候，她才意识到自己已经望着浴室那扇门笑了很久了。

窸窸窣窣的声音，陆择深应该是穿好了衣服准备出来，池遇这才如梦初醒，自己怎么还真跟变态一样！

不行，这么猥琐的一面不能让他看见！

池遇的第一反应便是找个地方躲起来，门锁松动的声音，不过一眨眼，池遇钻进了那架老钢琴下面。

陆择深从浴室出来，书房没开灯，他顺手关了浴室的灯，于是整个屋子只剩从窗外泄进来的白月光。

这间书房是他小时候最常待的地方，刚来的那个时候偏，陆爷爷为了他可怕的自尊心特地给他圈出来的一小间屋子，只不过小时候只有一架钢琴一张床，很多东西都是后来才有的。

可是大了就不常住了，只有偶尔觉得无处可逃的时候会躲进来而已。

那么现在呢，现在为什么会想逃？

陆择深从柜子里找了件衬衣套上，手机在钢琴上响起来，他走过去，停了好久才拿起来看。

"哥哥，我好想你哟。"

陆择深脸上没什么表情，看着屏幕上又弹出来的一条信息。

"哥哥，五个月后我们总要见面的，而且爸爸也会出席此次比赛的评审哦。"

哥哥？

除了身上流着的血，哪一点可以算得上哥哥？可是偏偏又因为这相同的血不得不承认这层关系。

真讽刺啊。昨天他出去了一趟，很突然地接到一个电话，是他亲生父亲的私人医生打来的。

他们约在咖啡馆见面，大概也就说了他父亲最近的身体状况，至于其他，多多少少提到了那个人的病情。

大概是天妒吧，他从进入指挥界就听说了那个人，堪称百年一遇的天才，不管是在音乐指挥还是古典音乐上都有着常人无法企及的天赋，频频刷新音乐史上的纪录。

可这样一个少年，却患有白血病。

嗯，大概就是这个在手机里喊他哥哥的少年。所以，他父亲的私人医生为什么会专程从意大利过来找他，答案已经显而易见了。

他们走投无路了，而他是唯一的退路。

手术安排在一个月后。

陆择深握着手机,屏幕上的光照着他没有任何情绪的脸,可是只有他自己知道,自己心里在介意什么。

那个不可以叫爸爸的父亲,明明都抛弃他了,可是为什么现在会为了另外一个人又回头捡起他呢?

还能捡回来吗?而他为什么要救一个可以打败自己的对手?

桌角传来细微的声音,陆择深看过去,瞥见月光下的一角。

他皱了皱眉,好久才喊她:"池遇?"

池遇没想到他半天没声音,一有动静就知道是她了,她只能硬着头皮从桌子底下钻出来,尴尬地笑着说:"嘿,好巧哦。"

巧吗?

陆择深却没有质问她,只是看着她一言不发。

池遇被看得心慌,说:"是爷爷说要把你关在里面,我怕你一个人,所以偷偷地溜进来了,现在……他好像真的把门给锁上了……"

他不会真生气了吧。池遇声音越来越小,正这么想着的时候,陆择深却说话了。

"过来。"

"嗯?"

"过来。"陆择深又说了一遍。

池遇老老实实走过去,毫无防备地被陆择深揽进了怀里。他身上沐浴过后的香味扑面而来,将池遇层层包裹起来,而她在这柔软的茧里，心里湿软得一塌糊涂。

他很难过？

可是为什么？

池遇用尽自己所有的温柔喊他的名字："陆择深……"

"我可以抱抱你吗？"

不是已经抱了？池遇想，那么他说的应该是拥抱吧，她缓缓伸出手，环住他精壮的腰身。

"你怎么了……"

陆择深没说话，下巴搁在她的头顶，好久，问她："池遇，你喜欢我什么？"

池遇脸上发烫，没想到陆择深居然会问出这样的问题。

喜欢你什么呢，好像从来没有想过，只是在意识到喜欢这种感情时，就好像看见了来自这个世界上的所有光点，它们汇聚在一起，落点是你。

她想了很久，才说道："喜欢你闪闪发光的样子。"

"那要是我不再闪闪发光了呢？"

"那我来照亮你。"池遇说，"我喜欢你啊，这种感情已经不是你想的那么简单了，是一万句诗词歌赋在心里千回百转，最后到嘴边只剩一句'我好喜欢你'，我都要怀疑自己是不是小学语文……"

唇上一软，池遇一个字也说不出来了。

陆择深的唇印在她的唇上，温柔触碰间全是他身上淡淡的香味。

池遇瞪大了眼睛看着眼前放大了的脸，甚至可以细数他覆盖在下眼睑的睫毛。

可是……这……太突然了吧……

陆择深退开点距离，呼吸落在她的鼻翼说："呼吸。"

池遇这才意识到自己脸都憋红了，深吸几口气，她紧紧地看着陆择深的眼睛，眼角却不自觉地渐渐湿润，似乎有什么情绪正蓄势待发。

陆择深看她："要哭了？"

没说话。

陆择深叹了口气，轻轻将她抱在怀里："对不起，没忍住，欺负你了……"

池遇看了他半天，终于忍住喉咙的哽咽，埋在他的胸口，质问的语气："你为什么这么熟练？！"

"……"

04.

陆择深第二天似乎有什么事，把池遇送到学校后就离开了。

池遇回了学校才接到迟川的电话，他在深山拍完戏，转场刚好回这边，准备带她吃饭，池遇想拒绝。

"怎么，有了男朋友，连哥哥都不要了？"

池遇嘚瑟。

迟川似乎才想起来有些事得嘱咐一下说："年轻人，谈恋爱不要太急于求成，拉拉小手就够了，他要是欺负你记得告诉我。"

亲都亲了。池遇又心虚又快乐地问："告诉你了之后呢？"

"我请他吃个饭,毕竟欺负你也挺累的。"

"……"

池遇难得没有骂他,毕竟心情还不错,昨天晚上的陆择深好像一直在对她撒娇的样子,可爱又诱人。

两个人待了一夜,陆择深坐在沙发上帮她改论文,而她就窝在他的旁边睡着了。醒来的时候自己睡在那张单人床上,陆择深还坐在沙发上,好像一晚上都没睡。

不过像书上所描述的,醒来的时候你和阳光同在这种感觉真是爽到爆炸。

池遇忽然想起什么,问迟川:"陆择深他是不是……"

"嗯?"迟川等了半天也没听到她问出个什么名堂来,索性说,"吃饭再讲。"

池遇想问迟川,陆择深最近在干什么,可是明明自己一直在他旁边,这种问题还要问别人……未免像是一个怀疑老公出轨的家庭妇女。

池遇不接受这个设定,也不敢让迟川知道她的这个设定,所以没问出来。

既然是陆择深不让她知道的事情,她也没必要知道,就像她自己的秘密,陆择深也不用知道。他给她一个时时刻刻宠着自己、陪自己练琴、又帮自己改论文的男朋友,她就给他一个什么都不知道、大大咧咧、还有些傻气的女朋友。

她真的很喜欢他。

迟川那边刚挂了电话,池遇这边又接到池常筝的电话。

通讯录都差不多快遗忘这个号码了,她接起来,一边开寝室门一边听那边池常筝的声音。

还没打开寝室的门,池常筝就喊她回去,她没有任何理由可以拒绝。

池遇想哭,又想笑,人生啊,真是大起大落又猝不及防。

刚刚还觉得自己飘到了云端,转眼一不小心又摔了一跤。

有点疼。

从家里赶回学校的时候已经快十一点半了,寝室关门了。

池遇不知道要找谁,就去网吧待了一晚上。窝在二十块钱包夜的沙发椅上看了一晚上的《麦兜》。

在满室的烟味弥漫和噼里啪啦的键盘声音里,她忽然无比想念陆择深身上淡淡的海洋香榭的味道。

池遇跟池常筝有个约定,十几年没有提过,她都快忘了。可是池常筝今天喊她回去,说这个约定的时候,她才意识到不管岁月如何冲刷过去的痕迹,池常筝说过的话,就一定会做到,这一点池遇还挺像池常筝的。

池遇五岁的时候,池常筝说养她到二十岁。

如今离二十岁还差三个月的时候,池遇没了家。

池常筝卖了房子,订了去美国的机票。现在喊她回去收拾东西,其实也没什么好收的,她背了个书包就出门了。

走的时候,她说:"妈,你玩得开心点。"

池常筝说:"我不是去玩的,可能不会回来了。"

"没事,那我到时候去……"池遇低着头,剩下的话没说出来,也许池常筝一点都不想池遇去找她。

池遇笑了笑,说:"好。"

她没哭也没闹,她怕自己不听话的话,池常筝以后就真不回来了。所以她乖乖地笑了下,懂事地关上门。

走到小区门口的时候,她回过头,可是那间屋子的灯已经关了。

第二天一早池遇就回了寝室,室友居然不在。

她刚准备补个觉,就听见外面敲门的声音,"咚咚咚"的,像地震。

"来了,等一下。"池遇一边应着一边开门。是陆小冬,没想到她个儿挺小力气倒不小,几乎是栽进池遇怀里的。

池遇后退了几步,好不容易站稳脚,陆小冬抬头看她的一瞬间,眼睛里明显冒出了光。

"嗨,早上好呀,吃饭了吗?"池遇担心她不吃饭又晕了。

陆小冬却没说话,一把拉住她的手,二话没说就朝外面跑去,池遇怕挣扎一下就把她弄摔倒了,只能边跑边问:"去哪儿啊……"

陆小冬带着池遇去了学校的东区操场,这边因为离主教学楼比较远,所以比起西区操场,人要少很多。

她一眼就看到了靠坐在篮球架下面的许召南,细白的脸上多了几道瘀青,很明显是跟别人打过架的样子。

池遇问陆小冬:"他被群殴了?"

陆小冬还在喘气,断断续续的,语不成句,说:"和……小北哥……"

"小北哥?"池遇明白过来,"祝北?"

向来只是看她不顺眼的人,为什么要跟许召南打架?

"小鱼姐你快过去吧,他们早打完了,可是许召南一直就在那里不说话。"

"可能被打傻了。"池遇说着,毕竟哪有一大早就约在一起打架的?她朝着陆小冬比了一个放心的手势,往那边走过去。走了两步,她又回过头,问,"祝北呢?"

"在医院……"

"……"

池遇撑着手在许召南身边坐下来,她伸手想摸一摸他脸上的伤口,却被许召南一把挥开了。

"洗手了吗,感染怎么办?"

"祝北下手可真狠啊……"池遇说。

"心疼了?"许召南懒懒地靠在篮球架上,生人勿近的模样,生人指池遇。

可是池遇真的心疼,毕竟这么好看的一张脸,她扯着地上的杂草,问:"你们为什么打架啊……"

"群龙无首,团内意见不合,你的原因。"

虽然池遇也这么想过,可是许召南这样毫不遮掩地说出来,还真的让她羞愧难当啊。池遇反驳:"你们不要小看我,你们找不到我的这两天,我可是正在偷偷进步呢。"

许召南似乎是有些意外地看她,这才注意到她厚重的黑眼圈,眼睛肿肿的，比起来，她才像刚被打过。

　　许召南问她："你知道校乐比赛提前了？"

　　池遇看着他，有些呆，说："不知道。"

　　许召南站起来，叹气："一周后。"

　　池遇这下是真的蒙了。

　　许召南双手插着口袋，走了两步回头："我饿了。"

　　"饿啊，你是不是准备放弃这个乐团呀，我们才几个人，根本没法组建起来嘛……"池遇站起来追着许召南，边跑边说。

　　也不知道池遇这个时候哪儿来这么强烈的集体荣誉感，甚至许召南都有些意外："你不是一直对这个乐团无所谓吗？"

　　"谁无所谓了，当时答应你就是下定决心才来的啊！"

　　"你可是拒绝了我很多次。"

　　"拒绝怎么了，还能不能让我维持一下既矜持又高傲的人设？"

　　许召南停下来，环胸转过身："认真的？"

　　"真的！"

　　"其实我觉得你不当大小姐，当个吉祥物也不错。"

　　吉祥物……

　　许召南似乎要比她靠谱得多，当初几天的时间就组建了这么一个乐团，现在都聚集在春花楼的演奏厅，等她。

　　除了正在医院的祝北。

　　对了，还有一个新来的定音鼓手，她很难想象，这么一个文静柔弱长发飘飘的少女，居然是定音鼓系的高才生，算是这中间已知的唯一的学霸了。

一个乐团大概有三十人的样子,比赛的曲子定的就是《D大调卡农》,大家都已经在排演了,并且已经初具规模。

池遇试听了几遍,在心里模拟着小提琴的手法,许召南就坐在一边看着池遇,的确是很认真的样子。

《D大调卡农》,是由三把小提琴和巴松管创作的卡农和吉格,一个声部的曲调自始至终追逐着另一声部,循环往复,永不泯灭。

一曲完,池遇回过头看许召南,眼睛里亮亮的一片。

"许召南,他们好厉害啊!"

"你也不错。"许召南倒是很不谦虚,"适应好了就可以加进去了。"

真的是既紧张又期待啊,从来不敢跟别人合奏的自己,忽然拥有了全世界最动听的伴奏。

池遇随着乐团的伴奏,缓缓拉起琴来,从起初的小心翼翼,到后来的逐渐契合。

许召南不得不承认,跟那一天比起来,她的确进步了很多。也不知道她是终于知道怎么克制自己的胡来,还是因为只是比较熟悉这首曲子。

毕竟,他并不对池遇抱什么期望。

池遇跟着乐团一起练了一整天,晚上请许召南吃饭,许召南毫不犹豫地选择了南门的小湘阁。

"你是不是知道那里的菠萝油特别好吃?!"池遇惊喜,许召南没说话，池遇更加得寸进尺了，"我就说嘛，见你的第一眼就觉得你特别像《麦兜》里面的菠萝油王子。"

"《麦兜》里面除了那只猪，还有别的形象？"

池遇故作神秘没有说，还有只乌龟，口齿不清特别可爱，见到被抛弃的菠萝油王子的时候，给了他自己唯一的蟹排。

他们都很可怜，于是他们成了最好的朋友。

吃饭的时候，池遇喝了酒。

只是果酒，可是她却跟醉了一样，抓着许召南使劲问："你是不是也喜欢麦兜啊？"

"你喜欢他吗？"

"说真的，要是那天你在音乐教室弹的不是那首《D大调卡农》，我可能就不会认识你了，你知道《麦兜》里面有一首歌叫《你的扣肉》，真是一首又油腻又甜蜜的歌啊。"

池遇说着，自顾自地唱了起来："风吹柳絮，茫茫难聚……"

曲子是那首《卡农》。

许召南一早就觉得池遇有点不正常了，现在更是疯得理直气壮，难不成她跟那个男朋友或是男性朋友闹掰了？

顾不上吃饭，许召南抓着她的胳膊将她从饭店提出来，想找个水坑将她按进去。

池遇大概是看出来他的想法，忽然安静了下来。

许召南问她："知道你是谁？"

"知道，我是伏地魔。"池遇说，双手插在口袋自顾自地往前走。

许召南叹气跟上去说："池遇，你可以给他打电话。"

池遇愣了一下，许召南接着说："既然想他就找他啊，那一天不是特别英勇吗，今天就不行了？"

"不行，开心的事能找他，不开心的负能量不能让他看见。"

"我看见就无所谓？"

池遇停下来，说："其实谁看见都不好，可是你看见了，我总不能弄死你吧。"

许召南不得不承认，他从来没有见过这样的池遇，从早上见到她的第一眼，再到一整天在音乐教室认真而又执着地练琴。

阴郁而沉默，眼睛里藏着想哭却哭不出来的表情。

"池遇。"许召南叫住她，却没说话。

池遇回过头，隔着三两步的距离看着许召南的眼睛，说："许召南，你和祝北打架，是因为他跟你说了什么吧。"

"比如说，祝北跟你讲，小时候我和他们同在一家托儿所，因为我爸爸跑了，妈妈也不管，差不多是半个孤儿了。所以没家教不学好，到处打架，脾气又差任性又嚣张？今天也是因为我爽约这件事，他又说我没爸没妈没家教了吧？"

许召南看着别处没说话。

池遇笑了笑："其实没事的，我都习惯了，你不用觉得我听了会难过，反正……我也真的是刚被我妈赶出来了。"

许召南抬头看她，池遇说："许召南，你的大小姐，从昨天开始，变成了一个流浪的小丑。"

第六乐章
马斯涅《沉思》

01.

池常筝的一生够精明，掰着指头数也就只能数出两次被骗。

一次是乐器行的老师说池遇有天赋，送池遇去学了乐器。不过这件事本来就是迟川建议的。

至于另外一次，大概就是她这辈子被骗得最惨的一次了。

年轻的时候，喜欢一个人，后来那个男人抛弃了她，留给她一个才四岁大的孩子。

那个小孩子就是池遇。

她坐在门口吃梨子味的棒棒糖，看着没有回头的爸爸和走回来碰掉她手里棒棒糖的妈妈，不明所以。

那个时候的池遇看着空荡荡的手心和掉在地上的棒棒糖，没哭，就觉得舔着指尖的余味也不错。

只是她不知道从那个时候开始，自己的手里就一直是空荡荡的了。

她被送到托儿所，全托，偶尔周末回家也是去迟川那里。池常筝大概不想看见她，以及这张和她的爸爸越来越像的脸。

真的是幸好有迟川啊，要不她真的要变成一个孤儿了。

大概也是因此，迟川把她惯成有点小蛮横，脾气还不好的女孩。在托儿所和祝西祝北两兄弟闹事时，她顺手把当时又瘦又小的祝西推进了水里。

当然，她转身也被祝北扔进了水里。

池遇从小就体格健壮，很擅长适应环境，所以被扔进水里不仅没事，甚至还学会了游泳。不过这对于祝西来说，就不一样了，不知道是他身体本来就不好还是怎么，那个时候落下了病根，从那以后就很不健康了。

所以祝北老针对她也不是没道理，也难为过了这么久，他还记得她的样子。

池遇哭完了，哭到一半的时候就觉得没什么好哭的了，反正事情都已经发生了，自己再怎么折腾也没办法。

她坐在湖边抹了把眼泪。

夜晚的湖面像是一面镜子，月光下能看见岸边柳树的垂影。

许召南问她："你还记得你爸爸吗？"

"记得啊。"池遇想了想，"我的爸爸是菠萝油王子，他抛弃妻子，背井离乡，去寻找他的王国。"

这是《麦兜》里面那只小猪说过的话，她觉得用在她的身上也挺合适的。

许召南笑了一声,又问:"那你恨他吗?"

"不会啊……"池遇托着下巴,看着湖面的白月光,"因为是爸爸。"

因为是爸爸,所以没法儿恨。

就像池常筝这么多年对她冷眼相待,偶尔看在迟川的面子上对她说说话,她也觉得,是妈妈,无条件的爱。

至少在四岁以前模糊的记忆里,他们对她很好。所以在看《麦兜》的时候,她经常会想她的爸爸是不是也有不得已的事情要做,她的妈妈也有很努力地将她拉扯大。

总之不管怎样,她都原谅他们。

许召南笑起来,想拍她的头,后来还是忍住了。

"池遇,说真的,你现在挺好的。"

"嗯,就是一毕业就没地方去了,我妈把房子卖了,她也要去周游世界,寻找她的王国了。"

"没问题的话,你可以来……"许召南想说你可以来找我,但后面的话他没说出来,应该也不用说了。该找的她已经找到了。

嘴角扯出一丝苦笑,许召南再回过头时,池遇已经靠在树上打盹了。脸颊红扑扑的,睫毛微微颤动,细碎的发丝被风吹起来。

不会痒吗?许召南皱眉,他看着都痒,心里面痒,像是风不小心吹进去的感觉。

许召南回过神来的时候,自己的手就在她的脸旁,他不知道自己要做什么，大概是怕她睡得难受吧。

或者，想抱抱她。

越来越热闹的《糖果仙子之舞》忽然响起来，池遇悠悠转醒，许召南收回手，看她从书包翻出手机，眼睛里有小小的紧张与期待。

池遇看了半天才看清电话上的名字——迟川。

她迷迷糊糊地接起来。

迟川的声音有点急："池遇你在哪儿？"

"在……"池遇侧头看了眼一直低着头不知道在想什么的许召南，"在湖边。"

"别以为你会游泳就可以跳湖，有本事跳楼。"

"可我不会飞啊。"

迟川也是刚刚才知道池常筝卖了房子，订了明天的飞机准备去美国的。

这么多年，他为了让池遇能感受到点母爱，所以一直扮演着一个孝顺懂事的侄儿角色，他其实一直都不怎么喜欢那个女人，对池遇不好的人他向来是莫名抵触的。

既然现在她还是决定要走，那么他也没必要再演下去了。迟川几乎是摔门而出的，车速飙到一百码朝着池遇学校赶过去。

见到池遇的时候，许召南正背着她从南门出来。

迟川一身武装，长腿阔步，走过去将池遇抱过来，许召南也没有怀疑他的身份，说："刚吃完醒酒药，赖着不醒。"

迟川没说话，深深地看了他一眼。对池遇太好的人，他也有些莫名怀疑。

陆择深究竟是怎么追人的？大晚上的让自己的女朋友和另外一个男生一起喝酒，还醉得不省人事？

他说了句"谢谢"就转身上了车。

迟川把池遇扔在了后座，一边在逼仄拥挤的学校小路上缓慢移动，一边给陆择深打电话。

结果冷不防被半醉半醒的池遇扑上来。

"啊，你要给谁打电话？"

迟川一个趔趄，好不容易稳住车子停在路边："池遇你是不是想死？"

池遇很少听到迟川叫自己的名字，立马蔫了，安安静静地窝在角落。

"迟川，我妈走了。"

"我知道。"迟川紧紧握着方向盘。

"可我不想让陆择深知道。"池遇声音很小，却无比坚定，"我应该总是积极向上的，有点傻但是很快乐，不应该有什么负面情绪。你看我难过自己消化会儿就好了，见到他的时候，还是那个无忧无虑、会撒娇、会傻乐的我。"

"你不是人？"迟川说，"是人总有另一面，你凭什么觉得陆择深不会接受这样的你。"

"他会接受。"池遇喃喃，"可我希望他和喜欢的人在一起是多了一倍的快乐而不是多一份沉重。"

就像陆择深有难过的事情不会让她知道一样。

池遇说:"迟川,这么多年我一直努力追逐他的脚步,现在能和他在一起对我来说已经是很大的恩赐了,我根本没道理难过。至于我和我妈,我已经长大了,总有一天会离开她,所以也没理由觉得她的离开就要叫作抛弃。迟川,我难过一会儿就好了,真的……"

她低低地细语,迟川没有说话。池遇从小就跟别的小孩子不一样,不是她的从来不抢,被抢走了也不会哭。

所有的得到都窃以为是侥幸,把每个人的到来都当作眷顾。一直以来都活得小心翼翼,大概从来没有试着松口气吧。

可是能怎么办呢,她的不自信、她的胆怯,都是他没有给她足够的底气,是他的问题。

他希望和陆择深在一起的池遇,是会撒娇、任性、脾气差的池小鱼,而不是越来越会忍着的池遇。

迟川叫了声她的名字,没人应,他从后视镜里看了一眼,池遇蜷缩在那一角,似乎已经睡着了,眼角还有未干的泪。

迟川叹了口气,重新发动车子。

电话响起来,陆择深的声音听起来有些疲惫。

"刚刚打我电话了?"

迟川说:"路边捡了只猪,要不要?"

阴阳怪气又来了!陆择深头疼:"池遇在哪儿?"

"在我这儿,刚在学校跟她有趣的男同学一起喝酒,过啤酒节。"

陆择深那边没了声音,迟川说:"她喜欢乱跑,以后跑丢了,我不管了,扔在哪个路口被谁捡走了,我也不管了。陆择深,仅此一次,你要的话,我贱卖给你。"

池遇醒过来的时候还在云里雾里，梦和现实纠缠不清。

不过这张床她还是记得的，陆择深家里。

池遇既慌张又心酸，自己不会还没醒吧，要是醒了，身上的衣服是谁换的？

陆择深吗？

"睡好了？"

陆择深的声音将她拉回现实，池遇怯怯抬头，陆择深穿着白色的衬衣，靠在门框上看她。

四目相对，池遇投降："陆老师早上好！"

"老师？"陆择深显然对这个忽然而至的称呼有些意外，"你可能忘了，我不是你老师，我是你男朋友。"

"……"

不让她学习的陆择深可真是甜啊。

池遇躲在被窝里抠手，说："我昨天……"

昨天不是在学校请许召南吃饭吗，为什么现在在这里？

陆择深似乎看出来她的一系列问题，手里端着瓷白色的杯子走过来，说："你昨天喝醉了，迟川把你卖给了我。"

"……"池遇记起来了，她从昨天开始没有家了，差点难过死，然后喝了点果酒，再然后就醉了……

好半天，池遇抬起头，接过陆择深手里的杯子，小声地问："那……迟川是不是……都告诉你了……"

"你指的是你和别的男生一起喝酒？"

池遇看着陆择深的眼睛,她知道他在回避那件让她难过的事情,陆择深什么都知道。

池遇努力压着心里的异样,说:"对不起,我发誓我醉的时候,想的也是你。我不知道果酒还是会有度数的,所以……"

欲盖弥彰的解释被陆择深的怀抱打断,他连着被子抱她在怀里,说:"我听见了。"

"嗯?"

"你昨天喊了一晚上我的名字。"

"啊……"这么恬不知耻?

手心还握着一杯热牛奶,温热的水蒸气覆盖在她的眼睛上,她有些看不清东西了。

只能听见陆择深的声音,很轻,却是字字落在她的心上的。

"池遇,从今天开始,你愿意和我相依为命吗?"

陆择深也是昨天才知道的,他和他弟弟的骨髓配不上。

他的父亲,大老远从意大利回来亲自接他过去。这大概是十几年来,他第一次看他的父亲这样朝着自己笑。

可是那笑容没持续多久,医生说骨髓配不上。

男人脸上的笑在听到结果的一瞬间销声匿迹了,他愤怒地摔了手里的杯子,转身离去,没再看陆择深一眼。

那个时候,陆择深好像又体验了一次被抛弃的感觉。

很不好。

池遇，我们都是被抛弃的人。

所以相依为命，怎么样？

"好啊。"池遇说，"相依为命。"

在过去的二十年，她觉得自己和池常筝就是相依为命，可是池常筝还是走了，所以相依为命，究竟是什么呢？

她在心底反反复复呢喃着这几个字，又问："那会是多久啊？"

"你想多久？"

"不知道，那就到我没有办法再想的时候吧。"池遇靠着他的胸口，听着两人交错的心跳声，你知道的，只要活着，我就不会停止想跟你在一起的念头。

02.

池遇没敢告诉陆择深自己学校乱七八糟的事情，况且陆择深最近好像也挺忙的，虽然他没说，但池遇还是能感觉到他的疲惫。

所以，她要乖一点，听话一点，不出乱子撑到神乐小提琴比赛。

全世界应该就一个像她这么乖的女朋友吧，池遇想，陆择深运气真好。

陆择深将车停在校门口，看着她的眼睛问："你在想什么？"

"想……还要过几分钟才能见到你？"

陆择深笑着问："想我了？"

池遇不好意思地点头，脸上一阵温热，可下一刻却爆炸了，陆择深抬起她的头，准确无误地印上她的唇。

"干干……干什么……"池遇近距离地看着陆择深的眼睛,觉得自己现在可能在冒烟。

不过陆择深就不一样了,仿佛什么事都没有发生,却说着让池遇更加轻飘飘的话,他说:"留给你回味。"

"那要是回味完了呢?"

"回来再补给你。"

嘿嘿,池遇傻笑,自己可真好哄。

陆择深接着说:"这几天可能有点忙,忙完了还得监督你练小提琴。比赛完之后再带你去一个地方。"

"啊,好。"

去哪儿无所谓,可是为什么要这么早说,那样她会期待到夜不能寐的。

和陆择深分开后,池遇找到祝西,去了医院。

她负荆请罪,买了两束花很郑重地去给祝北道了歉,虽然祝北依旧对她爱搭不理的样子。

不过祝西还是很善解人意的。他坐在床边给祝北削苹果:"其实那件事不怪你,我本来就身体不好。况且你当时也不是有意的。"

当时什么情况池遇已经不记得了,只记得被水淹没时几近窒息的感觉,真刺激,差点以为自己死了。

祝西还想说什么,却咳嗽起来,本来环手靠在床上目光冷冽的祝北立马紧张了,眼睛里面写满了担忧。

他从祝西手中拿走小刀和苹果,眼角还不忘递给池遇一个白眼:

"小西，你不用特地跟她来的。"

祝西看了他一眼："我不来，你岂不是要把她打进医院做你邻床？"

对啊，池遇本来想和许召南一起来的，可是他忙着乐团排演。于是就只能厚着脸皮找祝西了，还好弟弟比哥哥要温柔多了，而且不记仇。

池遇很自觉地走过去接过祝北手里的苹果，帮忙接着削皮，边削边问："祝北，下个月月初的比赛，你还去吗？"

池遇没抱多大希望，毕竟乐团的两个首脑都是她的敌人，他没道理帮忙。可是祝北的态度却出乎意料地坚定，他微微仰着头说："小西在，我为什么不去？"

哦，这样啊，池遇猝不及防被这个弟控萌出一脸血。其实这对兄弟也蛮可爱的。

"指挥找好了吗？"祝西忽然问道。

池遇一愣："指挥？"

祝西没想到池遇居然还不知道乐团指挥被另外一个乐团挖走的事，就简单解释了一遍。

池遇消化了一下："也就是我们的指挥，在前天忽然跳槽了？"

"是这样。"

她找了个地方给许召南打电话确认了一遍，那边却是很轻松的语气问："你没事了？"

能有什么事？池遇不想说这个："说指挥的事呢。"

"他还真是你的膏药,一贴就好。"许召南声音低低的。

池遇笑:"没事,你也会找到一块专属你的狗皮膏药,那个时候你就会知道啊,所有的事都不如她恰好在身边。"

"……"

许召南没说话,大概是被恶心到了。池遇其实也脸红。

"好了这事已经过去了,你先告诉我指挥的事怎么办吧。"

"你没办法?"许召南知道陆择深,以前不知道现在也该知道了。

池遇笑,心事被戳穿有点尴尬,其实在听到指挥还没确定的时候,她并不急,还有点小期待,怎么会有这么巧的事情。

指挥跳槽了,她有啊,陆择深呢!

试问这个学校,谁请得到陆择深这个咖位的指挥?

池遇心里欢呼雀跃说:"我可是团长呢,当然有办法,这事交给我,我刚好认识一个……还不错的指挥。尽量让他明天下午过来跟大家合练一下。"

许召南那边没说话,好一会儿池遇以为断线了,就挂了。

她回头立马给陆择深打过去,响了一会儿那边才接。

"怎么了?"

"陆择深你忙吗?"

"回味完了?"

池遇害羞:"还有点余味……"

陆择深在那边笑了一声:"那乖一点,我晚点打给你。"

陆择深正在接待从法国而来的指挥家尤瑟纳尔,还有他的御用小提琴手,一个震惊音乐界的东方女孩——纪翘。

尤瑟纳尔算是他的指挥启蒙老师,他一直很尊重尤瑟纳尔。和纪翘也算是旧识,大学时候的同学,刚好也是一个乐团的,上一次见面应该是在去年的比赛上。

纪翘看他接了电话回来,以前这种场合,陆择深自然是会挂掉电话的,可是今天却有点不一样了。陆择深看了眼手机,说了声抱歉就急急地出去了。

回来的时候,嘴角扬起的弧度在她看来太明显,纪翘问他:"有什么好事?"

陆择深捋了捋西装下摆说:"算不上。"

饶是再迟钝,纪翘也看出陆择深眼里的疏离了,她没再说话,安安静静坐在一边听尤瑟纳尔先生和陆择深交谈,偶尔微微一笑,算是配合。

浅谈加上吃饭已经是晚上八点的事了。告别的时候,尤瑟纳尔先生叫住陆择深,他说:"陆,我有一个不情之请。"

陆择深点头:"荣幸之至。"

尤瑟纳尔看了一眼身后的纪翘:"我这学生这次陪我回来,也算是有一个执念。"他欲言又止,"就不卖关子了,简单点说吧,纪翘过几天刚好要出席一个演奏会,我没办法出现,所以希望是你。希望你能代替我和纪翘合奏一次,你们两个都是我最欣赏的学生,那样震撼的演奏会,我想再看一次。"

陆择深皱了皱眉,目光扫过身后一直微微笑着的纪翘。

半响,他说:"盛情难却。"

"算是我欠你一次。"

尤瑟纳尔先生先离开,狭小的空间只剩纪翘和陆择深。

纪翘站起来:"你还是一样毫无情趣。"

"老师还是一样很宠你,只要你提的他不会不答应。"

纪翘笑:"那你以为,假如老师没有提出来,你有办法拒绝吗?"

她志在必得的样子,说:"陆择深,你欠我的。"

在陆择深的记忆里,纪翘对于他来说只是一个很好的搭档,高山流水,她是难寻的知音。他可以将朋友与恋人的界限划得很分明,纪翘也可以。

只不过纪翘把他归于爱情。

他们大学的时候就认识了,因为才华而充满了契机,俩人一起参加演出,一起组建校乐A团。后来又被学校极力举荐,成了尤瑟纳尔老师的学生。

在她有关音乐的记忆里,他一直都在的。

他们是所有人眼里的璧人一对,她也是这么以为的。

只是很久以后,纪翘才知道,那个时候的一切都充满了童话的意味,除了他不喜欢她。

可是关于他的事,这么多年她还是没法忽视。

陆择深前段时间,推了国际上所有的演奏会和比赛回了国。

至于其中的原因纪翘也猜到了七八分,五个月后的比赛上他要面对最强大的对手，所以他需要闭关，又或者，整个乐团都需要他重新整合。

他必须用尽全力才有可能打败那个人。

可是，纪翘没想过自己会在国内的娱乐新闻上看到他的消息。

她费了好大的力气才知道那个女孩——池遇，算是她的学妹，有着令人惊叹的小提琴天赋。可是暂时没法好好发挥。

纪翘原本也以为陆择深只是选中了一个首席小提琴而已，可是后来才知道并不是这样。

真可笑啊。

当年她和陆择深在学校组建起校乐A团，现在他的女朋友是S团的创始人。

所以当A团的后辈找到她，说起最近的校乐比赛的时候，她主动提出来担任小提琴手。

虽然这对于比赛来说已经是作弊了。可是又能怎么样呢，如果池遇连她都没法打败，又怎么配站在陆择深的身边。

纪翘坐在出租车上，看着窗外急速倒退的灯光，如果时间也能倒退就好了，那会怎么样呢？

他还是不会喜欢她吧，所以，只有让那个幸运的姑娘也难过一下了。

比如说，让男朋友成为自己的对手。

陆择深是最后离开的。

他直接去了地下车库,拿出手机找到池遇的号码,刚准备拨过去,就看见了蹲在他车边的小姑娘。

是池遇,不知道她在那里待了多久,看起来像是一只流浪猫。

陆择深心里一软,刚刚还在电话里面说乖乖等他的小姑娘,转眼又到处乱跑,不过还好,终于算是有点认主了,没跑到别处去。

池遇大概是被忽然出现的陆择深吓到了,几乎是立刻跳起来直起身子,说:"哎呀,好巧,你也在这里!"说完觉得假,拍着他的车子说,"我是说这车跟你的是同款,就想着车主是不是你的……啊,我那个,刚刚给你打电话的时候就在附近,闲着没事就过来了……"

"迟川说的?"陆择深走过来,没听她瞎扯,打开车门示意她进去。

池遇分外不情愿,他怎么什么都知道,显得她很傻。

她乖乖坐进去:"迟川说你在这边有点事情,我就不敢吵你,又不知道在哪里等你,只能转了整个车库找到你的车了。"

陆择深侧身过来给她系好安全带,有些无奈:"所以你到底是傻,还是笨?"

不是一个意思?

"说吧,找我什么事?"陆择深发动车子,以前找他的时候他从来没这么问,难道这一次的目的这么明显?

她有些不好意思地说:"你最近有时间吗?"

"你想干什么?"

"向你学习。"池遇一本正经地回答,"我们……"

陆择深没听她说完,问她:"你们?"

池遇忽然有点后悔了,陆择深是谁啊,世界闻名的指挥家。为什么要来他们这一个小乐团当指挥,多降身价啊。

况且,他闪闪发光的样子要是被他们学校那群跟她室友一样的迷妹知道了,岂不是要整天开始觊觎他了?

想到这里池遇就有些舍不得,她看着陆择深英挺的侧脸轮廓,这可是她一个人的陆择深啊,明明想让全世界都知道,可是又害怕会被别人看到。

爱情真是矛盾又磨人的小东西呢。

陆择深侧头看了她一眼:"不说了?"

池遇话锋转了个方向,问道:"我们……什么时候约会啊……"

车子一顿,陆择深大概手抖了一下,池遇紧紧抓着胸前的安全带,听着他将信将疑的声音:"你大老远跑到车库等了一个多小时就是来问这个的?"

"对啊,当面问比较正式嘛。"

"所以你在向我邀约?"

邀约?池遇觉得这个词有些奇怪,不过还是像小狗一样乖巧点头:"是呀,约啥都可以。"

"那就找个酒店睡觉吧。"

呵呵,陆择深越来越会开玩笑了啊。

03.

由于池遇的小心眼,还是没有找到乐团指挥。

她坐在音乐教室,忽然觉得有些愧对这一屋子乐队成员,可真是矛盾啊,在陆择深那边舍不得陆择深,到这边又不忍心看着自己的乐团连比赛人数都凑不齐。

池遇给了自己三秒钟,最后考虑一次要不要告诉陆择深。

三,二,一。

是许召南的声音,他说:"我有个朋友,给得起出场费她大概还是会来的。"

那你不早说害我在这里纠结不已?池遇瞪他,却被许召南一把拉起来:"你跟我一块。"

"去哪儿?"

许召南将书包扔给她:"求人。"

池遇真的是在许召南的摩托后面被吹成狗,车子停在一家法式餐厅门口,池遇估计自己的头发现在全盘旋在头顶了。

她对着镜子整理自己的仪容,问许召南:"你那位朋友在这里?"

"你认识。"

许召南话音刚落,他们要求的人就出来了,居然是那个……糖果女生?不过又不像,大概是她今天没有穿花花绿绿的衣服没有涂绿色的眼影。

头发柔顺地披在身后,一身白色连衣裙,显得温婉而又大方,原来是这么好看的女生啊。许召南可真有福气。

不过应该比不上陆择深,池遇打招呼:"你好,我是……池遇。"

女孩看了她一眼,毫不在意,目光移回到许召南身上,格外专注:"你不是不肯见我?"

现在是大小姐有事,所以宁愿自己打脸?

"说的事情考虑好了,可以给答复了。"许召南并不想纠缠,又酷又冷地说道。

糖果女生不乐意了,声音和外貌一点都不配,语气有几分刁钻:"这是你求人的态度吗?"

"不然呢?"许召南环胸站在一边。

"你知道我要什么!"糖果女扬起高傲的下巴,"你不喜欢我在外面乱玩,我就在正经餐厅弹钢琴;你不喜欢我的妆容,我就全部擦掉,你……"

"有完没完?"许召南有些不耐烦了,"要什么就说,能给就给,不能给就当没这场交易。"

池遇站在旁边真的有些尴尬。

许召南为什么要带她来?教她怎么谈恋爱,又或者怎么吵架吗?

其实不用的,她才舍不得和陆择深吵架。

糖果女生有些气急败坏了,深吸几口气,说:"那好,给你半个小时的时间,给我五千块钱。"

五千……有点贵吧。池遇想,偏偏糖果女生更来劲了,剑锋转到池遇这边,格外针对她。

"大小姐是吧,应该没什么钱的概念吧,但是我不需要你拿你们现有的钱给我,我这种在底层打拼到处打工的小市民,喜欢辛辛苦苦一分一毫赚来的钱。"

意思很明显了,给他们半个小时赚五千块。

可是谁说池遇没有钱的概念了,她长久以来的生活费,哪一块钱不是她卖迟川的签名照赚的?还有变卖迟川送她的东西,毕竟池常筝从来不会给她钱,她也很辛苦的啊。

池遇偷偷去看许召南,对方没什么表情,似乎也不觉得为难,说:"半个小时后给你。"说完拉着池遇掉头就走。

池遇急了:"你为什么答应得这么轻松,你有办法赚钱吗?还是你打算去卖身?"

许召南眯着眼睛看她:"再说让你去碰瓷,撞死一百万,半身不遂五十万,你擦破点皮估计就有五千了。"

"哎,你这人怎么这么多花花肠子?"

许召南也只能嘴上吓唬一下池遇,他让池遇等在路边,没多久去车子上取了乐器过来,池遇常常带在身边的小提琴。

"什么意思,卖艺吗?"

许召南一副"不然呢"的表情,池遇接过来,街头卖艺……她还没试过,而且她脸皮薄,要是碰见熟人了怎么办。

况且,许召南只拿了小提琴,那么就是她跟阿炳一样演奏一曲《二泉映月》,然后许召南负责收钱了?

他一个堂堂七尺男儿,为什么会甘愿做这种事情?不是应该甩给对方一个冷酷的背影,说算了,然后头也不回地走掉吗?

许召南说:"她其实很厉害的,说服她赢比赛的概率上升到百分之八十。"

"那不找她呢?"

"亿分之八十吧。"许召南说,"你要是真想让乐团在学校立足,就暂时放下你大小姐的身份,坦然接受磨炼。"

想啊,当然想。只不过有点不甘心,池遇转着眼珠子,忽然想起什么来,自己的包里好像还有一把口琴,是第一次在春花楼见到许召南那一次,被绊倒在地上顺手捡的,一直放在包里居然就这么忘了。

她兴高采烈地拿出来,递到许召南面前,说:"这个,会吧!"

许召南看清她手里的东西,皱眉:"你哪儿来的?"

池遇解释了一遍,许召南拿过来,没有拒绝。

两人就在餐厅对面的公园找了一块地方。坐在露天吧台的糖果女孩刚好可以看到,似乎是看好戏般看着他们。

许召南把小提琴拿出来扔到池遇手里,再将小提琴包摊开放在面前,算是间接表明求打赏的意思,路过的人看到应该会懂吧。

池遇站在旁边,可真像一个待表演的小丑啊。

她清了清嗓子,在心底给自己打气,然后架起小提琴。琴弓放上琴弦的那一刻,池遇觉得自己的脸全搁在地上了,要是拉得不好可能会被别人踩的那种。

她悄悄看了眼许召南,对方正坐在旁边的花坛上,眼神懒散地看着她。

"小姐姐,你快拉呀,我已经准备好了。"不知道什么时候聚过来的小孩子开口道，池遇朝着她笑了笑，随后音乐在风里飘散开来。

依旧是那曲《D大调卡农》，只不过她稍稍做了些改编，不是以往那种不自觉的，而是和陆择深昨天晚上一起重新谱曲的《卡农》。

她负责改编，陆择深稍作修改。

那个时候陆择深坐在钢琴前，灵活的手指游走在黑白琴键上，弹奏着她改编得有些笨的曲子。

直到现在那唯美的钢琴音还在耳边萦绕。

许召南有些意外地看着她，眸色越来越深。

这大概是他至今听到的最美的《卡农》版本吧。

最温暖，最深切的音律往往是平凡的。池遇的这一曲虽然听来听去都觉得傻里傻气，可正因为这样才让人觉得真切，真到抛却了层层的伪装。

曲子是幼稚的，比喻是局限的，但她把这所有的一切，完完整整都呈现给了那个人

而那个人，却不是他。

池遇沉浸在小提琴清脆的音色中，并没有意识到许召南的目光，可是周围越来越刺耳的声音几乎让她失了节奏。

完了，完了，要完了，估计又要跑调了。

她正觉得飘浮起来的时候，忽然插入的口琴却及时稳住了曲子，清脆直接，带着风的清新，却有穿透风的力量。

池遇静下来，耳边口琴的声音在悠扬的小提琴声中像是万花丛中

的绿色点缀。

一个音色始终尾随着另一个音色，直到渐渐收尾，小提琴声落，剩下的是口琴独奏。

池遇停下来，看着花坛边坐着的少年，白色的衬衣被风吹得鼓起来，金色的头发有些杂乱地堆在头上。微长的一部分挡住了他的眼睛，路灯照着他的侧脸，一半明一半暗，刚好以挺立的鼻梁为分界线。

像是她曾经见过的双色湖。

大概就是从那个时候开始的吧，池遇后来再看到口琴想起的永远是今天的这个场景，这个站在风里的口琴少年，他有世界上最好看的琥珀色的眼睛。

04.

半个小时，池遇卖艺赚了不足五十块，她蹲下来整理有些杂乱的钱币，最大额的一张十块还是最开始那个小孩子给的，其余的大部分是硬币毛票。

许召南走过来，本来以为他的大小姐会很失落，没想到她数钱数得还挺愉快的。

许召南环着手看她："你是没见过钱？"

池遇笑嘻嘻："不一样，这还是我头一次用自己的技能赚钱。我觉得我很厉害！"

糖果女孩穿过马路过来，眼里满是鄙夷："时间到了。"

池遇站起来，捋了捋衣服上的褶子，将钱递给她，说："喏。"

"打发我？"糖果女孩不接。

池遇的手举着也不是，放下来也不是，好半天才说："你先拿着啊，真的是我赚的，你要是觉得不够的话，我以后每天都来啊，来个一百天就能赚到五千块给你了。"

"你是觉得我想每天看见你？"糖果女孩手一甩，池遇刚刚整理好的钱全洒在地上。

糖果女孩似乎也没想到池遇没拿稳，眼里的一丝仓皇一闪而过，随即对上许召南冷漠厌恶的目光，心里凉了一大截。

许召南走上前来，将池遇拉到身后，然后缓缓蹲下来，学着池遇刚刚的样子一张一张将钱捋好，站起来后不发一言直接转身离开。

池遇也不知道该怎么办，看了糖果女孩一眼就跟上去。

可是，没走两步又听见糖果女孩的声音："许召南，明明是你求我，凭什么还可以这么傲慢高高在上！"

她斗不过许召南，她想投降了。

许召南停下来，不是因为后面的女孩，而是眼前忽然出现的男人，大概四十多岁的样子，衣着得体面容和蔼，旁边还跟着一个小孩子，眼睛都哭肿了。

池遇奇怪。

那男人先说了话："我和我小儿子刚刚听了你拉的曲子，如果可以的话，能否请你再拉一次？"

小孩子撇撇嘴："我想听麦兜唱歌……"

"啊！"池遇有些惊讶，没想到头一次在路上遇到一个同样喜欢麦兜的知己，居然是个小孩子。

她蹲下来，笑眯眯地说："好呀。"

随后她也没去管身后的糖果女孩，看了一眼许召南，从他手里接过小提琴。

池遇清了清嗓子，拉着最简单的音符，唱："风吹柳絮，茫茫难聚，我若能共你走下去……"

曲罢，池遇收到了今晚的第一阵掌声，小孩子蹦蹦跳跳地拍手，她也跟着笑起来。

她回头看了眼许召南，他环手站在那里，有些无奈，倒是很温和的表情。

走的时候，那男人非要给池遇钱，说是当哄小孩子开心的劳务费。

池遇不要，那男人也不急，看向身后的糖果女孩，说："是我逾越了，刚刚不小心听到你们之间的争执，所以，欠她的五千块我帮你还，就当你为我儿子唱了一首歌。"

怕池遇拒绝，男人又补充："不用客气，可能你会觉得我说话有些狂妄，可是对现在的我来说，五千块并不算什么，不过却能帮到你。所以价值衡量下，你还是收下比较好。"

这人不会是天使派来救她的吧，有这么刚刚好的事？

池遇不知道该说什么，回头去看许召南。

真是笨啊！许召南叹了口气走上来，强行按住池遇的头鞠了个躬，说："谢谢，我们暂时收下了。"

男人微不可察地皱了下眉，瞄了一眼斜后方的楼里，说："不客气。"

池遇一直到那人走了，也没反应过来。

许召南拍了一下她的头，她才回过神来说："试问有几个人不会对这种温文尔雅又有涵养的大叔多看几眼呢？"

"看够了给我求人去。"

别扭！池遇在心底咕哝了一句，两步走到一直站在那边的糖果女孩的面前说："嘿嘿，可能你是天使吧，你一来就有好事发生了，碰到一位大叔给了我这笔钱。"

"马屁精。"糖果女孩依旧是一脸傲娇的表情。

池遇笑，其实自始至终她都可以看出来对方并没有恶意的，只是单纯的大小姐脾气，又或者是看见她和许召南在一起比较吃醋。她明白的，要是她看见陆择深和别的女孩子在一起，还不得掉头就跑，毕竟她可没有胆子刁难人家。

池遇接着说："其实我还挺不错的，你可以来我们乐团，试着相处几天你就知道了！"

"谁稀罕。"

"那你能告诉我你的名字吗？"池遇忽然记起来自己还不知道人家叫什么。

"唐果。"没什么好气。

池遇惊讶，真叫"糖果"？！

唐果没理会池遇莫名其妙的眼神，绕过她往前走，站定在许召南面前："我就是想看到你妥协的样子，既然你不肯，那么只能是我妥协了。"

许召南依旧一脸无所谓，唐果说完又看向池遇："我还是不怎么喜欢你，可是他喜欢，我没办法。"

她似乎是考虑了一下，又说："所以我俩还是得保持距离。"

"那，我们要不一起去吃个饭，多了五十块我请你们吃鸡米饭。"池遇走上来，指着许召南手里的一把钱，"正好也当你们的和解宴，毕竟以后就要在一个乐团，低头不见抬头见的。"说着，准备去拿许召南手里的钱，可是电话却在这个时候响了起来。

啊，陆择深。

她转身小跑了两步，找了处安静的地方听他的声音。

"嘿呀。"

"在哪儿？"

"在学校呢。"池遇说，想着解释一堆太麻烦，索性说了最简单的话。

陆择深那边顿了一下，说："那我待会儿过来接你？"

"接我，接我去哪儿啊？"池遇已经摆好拔腿就往学校跑的架势了。

陆择深在那边又说了两个字："回家。"

咦？

池遇又急又开心。

回家啊，这两个字从陆择深嘴里说出来真是全世界最动听的情话。

可是要是他待会儿去了学校她不在怎么办？

"怎么了？"陆择深见她半天没出声。

池遇吞吞吐吐："那你，晚点过来，我想梳妆打扮一下。"

"……"

"好了就这样了，待会儿见！"

池遇怕被戳穿，匆匆挂了电话，完了朝着许召南那边跑去，喘了半天气："那个，吃饭的事，我们先缓一缓，我现在有点急事必须回学校！"

许召南眼神沉了一下，喉结上下微动："要我送吗？"

池遇看了一眼他停在路边的摩托车："不用了你先玩，我坐地铁应该更快。"

其实她有些怕，怕刚好在学校门口撞见，那就很尴尬了。

可是……明明就是同学间互帮互助的一件小事，为什么像是被捉奸了一样呢？

池遇想了半天，大概这就是爱情吧。

爱情可真是磨人的小东西呢。

05.

池遇走后，许召南便没怎么说话，唐果跟着他走。

"她有喜欢的人吧。"

许召南没应，唐果本来也打算自言自语的，接着说："我还是头一次见你妥协，还有被拒绝的样子，跟我差不多。"

许召南回头看了她一眼，眼里尽是寒冰，不过唐果也不怕。

"真的，许召南，可能每一个人都可以在另外一个人身上找到自己的影子。"她说，"爱情其实都是一个样子。"

"说完了吗？"许召南声音很沉。

唐果看着他的背影,忽然跑到前面,拦住他:"许召南,她不知道你是谁吧。你有没有想过,也许她知道了你和她爸爸之间的关系,可能会多看你一眼呢?"

"不用。"许召南绕开她。

怎么会不用呢,你所做的一切,不都是为了让她多看你一眼吗?染黄的头发、音乐教室的《卡农》,还有故意落水,送她一个乐团……

每一件事都是把她当作大小姐,降低自己的身价。

唐果想哭又想笑,爱情啊……真是磨人的东西呢。

明明喜欢你喜欢得要死,可是有什么办法呢。你看不到我的样子,而我却在你身上看到了自己……

许召南,我不想看到我喜欢的人和我一样可怜,所以我宁愿一个人承担所有的心酸。

你喜欢她,她喜欢你就好了。

我无所谓的。

她回头,对着许召南越走越远的身影,喊道:"许召南,你对她来说是不一样的,你是她爸爸用命换来的人。"

很奇怪的话吧,路上的行人都忍不住停下来,可是许召南却没有一丝反应。

那些事情,他以为已经过去很久了。

许召南是在十年前认识池遇的父亲的,那个时候他刚满十岁,家境不错,但爸妈刚离婚,他没人管。

而池遇的父亲是他们学校的音乐老师,长相清秀,温文尔雅,弹钢琴的时候,像是电视上的人。不过那个时候,学校的音乐课只是闹着玩的,什么都不会教。学校有喜欢音乐的或者是喜欢池老师的,都是单独交钱去他辅导班学钢琴。

许召南也挺喜欢他的,准确地说是喜欢钢琴,可是许召南没钱,于是每次都跟在池老师后面回家,然后趴在他的窗边看他弹琴,偷偷地熟记他的每一个指法。

没多久,池遇的父亲就发现他了。许召南以为他会像别的辅导班的老师一样拿着扫把把他赶出去,可是池老师只是笑笑,说要是他能在电子琴上打败他们辅导班的三个学生,就免费教他钢琴。

许召南心动了,可是又不肯低头,他可是心高气傲的小少爷,于是每天用学校那架又丑又破的琴练到很晚,然后一到周末就跑到池老师那里。

他输了不止一次了。有什么奇怪的,他本来一开始就什么都不会,所有的指法乐谱都是自学的,怎么可能赢得了池老师的学生。

可是为什么那么执着呢?大概是因为池老师的音乐,真的是他那个时候唯一的救赎。

后来池老师还是成了他的老师,仅仅那么一次,他打败了池老师的学生,又或许是池老师故意放水的。

当他弹奏完蹩脚的曲子的时候,池老师说:"我有一个小女儿,现在应该和你差不多大吧,她很喜欢这首曲子。"

那是许召南第一次听说池遇。

后来的事情就是那样顺遂地发展，池老师教会了他许多乐器，经常给他讲起自己的女儿。

他说他当时扔下她们母女，是为了自己的理想，可是最后沦落至此，他没脸再回去了，池遇的妈妈也不会让他再回去了。

即便如此，那个时候的池老师依旧是许召南心里最尊敬的人。

直到许召南十五岁的时候，池老师问他要不要去参加全国钢琴比赛。

那是许召南第一次接触到理想这个词，他看着池老师的眼睛，说："想。"

池老师笑了，表情骄傲。

可是如果再让他选择一次，他一定会说："不想，可以不用了。"

举办比赛的城市有池老师多年未归的家，但是他们却在去的路上遇到了事故。

他还记得那个时候池老师拼命将他从支离破碎的车里举出来的样子。

他说："快跑，许召南别怕。我腿压着了，没法动，你去帮我找一块石头，我砸开它。"

许召南爬出去，他没有力气站起来，只能哭着继续往前爬，没想到，车子却爆炸了。

他听见的最后一句话是——我以为这次回去，说不定还可以见一见我的小鱼。

最后，许召南只在那堆不成样子的爆炸物中找到一把口琴，那是一个父亲想送给女儿的礼物。

陆择深刚好在附近和他父亲的私人医生商量手术的事情。

耳边是餐厅悠扬的小提琴声音，可是他却仿佛听到了池遇笨笨的曲子。

抬头看出去就是池遇。

她在公园拉小提琴，旁边还有别的男孩子，于是整场交谈根本无法进行下去。

陆择深太介意了，昨晚不是还说特别为他改编的曲子，今天就为别人拉上了？

医生似乎也看出来了，他叹了口气，出去替陆择深打探，最后还借了一个孩子演了一场戏，替陆择深转交五千块钱。

他大概是头一次见陆择深这么小心翼翼地帮一个人，最后又一本正经地威胁人家回家。

两人分开的时候，各自在路边取车，却不约而同地都听见了那个女孩说的话。

"你是她爸爸用命换来的人。"

医生大概不怎么明白，可是陆择深却听懂了。

陆择深想，他可能一直都有些小看池遇了。

他的小女朋友，故事可真多。

第七乐章
塔尔蒂尼《魔鬼的颤音》

01.

池遇觉得自己的计划可真是天衣无缝啊,以后出轨一定不会留下痕迹。

接到陆择深电话的时候,她正蹦蹦跳跳地从寝室出来。陆择深接住她,揉了揉她的头:"梳妆打扮?"

池遇心虚:"怎么,你嫌我素颜不好看吗?"

陆择深笑笑没说话,按住她的头微弓着腰,亲了一下她的唇,然后满意地看着她的脸跟染色一样从耳根子开始慢慢变红。

"红一点好看。"

池遇愣了半天,又窘又甜,自己为什么这么不争气呢,亲一下就脸红!

池遇跟着他上车,不过一路上陆择深都少言寡语,她还沉浸在刚刚寝室前面甜甜的回忆里。

以前看人家小情侣在门口难分难舍的时候,真的想翻白眼呢,如今风水轮流转,现在他们这对甜蜜的小情侣也会遭到别人的嫉妒。

晚上回家陆择深强迫池遇给他拉小提琴。池遇确确实实是有些累,虽然不知道为什么,不过陆择深难得提一次要求,她当然得满足他。

池遇喜滋滋地去取小提琴,这个时候电话却响了起来,陌生的号码。

她看了陆择深一眼,陆择深也看她。

"啊,可能是秦教授找我改论文了。"

这是池遇的第一反应。毕竟在过去的一段时间,秦教授找她改论文这件事真的将她逼到呕吐,而且她拉黑一次秦教授,他那边就换一个号码,她已经拉黑了不下十次了。

池遇接起来,说:"老师,现在十点了……"

"我是唐果。"

"唐果?"池遇没想到唐果现在会给她打电话,正意外着,陆择深却自觉地站起来去了外边。

池遇想他可真体贴啊,还会尊重彼此的隐私。

虽然她并不想有什么隐私。

"现在有时间说话吗?"

池遇回过神,说:"有啊。"

"我想跟你谈一下许召南的事情。"

池遇莫名其妙,真像学校老师打电话给家长说孩子不听话的样子,可是她是不是误会了什么？

"好呢，您说。"

"别跟我嬉皮笑脸，我就跟你说一件事，许召南他是……"话没说完，那边忽然没了声音。

池遇"喂"了两声，拿开手机，屏幕左上角的信号标志从刚刚的满格变成无服务……

"许召南他是……"

他是你的王子，我知道呀。

池遇出去找陆择深的时候，他正坐在沙发上喝茶，双腿叠在一起，好像长得有点无处安放的感觉。

"说完了？"

"是一个……朋友的朋友，不知道干什么，反正没说完就没信号了。"

陆择深点点头，没再问，轻啜一口茶。

池遇看他喉结上下一动，心里发痒，坐过去，问道："你还想听小提琴吗？"

说起这个，陆择深微眯着眼睛，看得池遇无处可逃，半晌才说："我想听点别的。"

"什么，你说。"

"最好是独一无二的曲子。"

"我这个就是为你写的独一无二的曲子啊。"

"是吗？"陆择深的眼神越来越暗，池遇正觉得莫名其妙。

"天啊！池小鱼，你上网了！"陆老的声音从二楼传下来。

池遇没听明白，跟陆择深对视一眼，只见他皱着眉，大概也不清楚陆老又在玩什么花样。

"啊。"池遇应了一声。

陆老抱着一台平板电脑冲下来。

池遇看了一下，是一张照片，她和许召南在路边卖艺的照片……她的心提到嗓子眼了，莫名觉得背后有一道寒气。

完了，谎言要被戳穿了，爱情要到头了。怪不得他刚刚那样说……

池遇不敢回头。

陆老接着说："这还是个视频呢，不过刚刚忽然断网……"说着，陆老似乎想起什么来，看向池遇身后的陆择深，"你小子是不是……"

"不是。"陆择深站起来往书房走，看都没看池遇。

池遇目光紧紧追随着他的背影，认错吧，跪下来也行，大不了打她一顿，她很乖的，打一顿绝对听话。

池遇没理会陆老在旁边说什么，垂着头跟在陆择深的后面，像一只落水的小鸭子……

陆老莫名其妙地看着两个人，有些气，只能自言自语："那小子是不是偷偷打开了我的信号屏蔽仪？"

"对不起，我错了！"池遇进来，关上门，差点跪下。

陆择深其实也没生气，这件事他是知道的，只是没想到会被路人拍下来发到网上。

意识到这件事的时候，他才知道自己已经开始对小女朋友有了占有欲了。无欲无求是假的,其实他想要的比谁都多。

"过来。"陆择深声音沉沉。

池遇咬着唇不敢造次,一步一步地慢慢挪,陆择深叹了口气,长臂一伸将她拉进怀里。

池遇偷笑:"你不生气了?"

"我没生气。"

池遇挣扎着抬头看着他的下巴:"可是我跟别的男孩子在街边卖艺,还骗你……"

这样还不生气,还是不是男朋友?还是根本就不在乎无所谓?池遇心里忽上忽下,说:"要不,你还是生气吧。"

"……"

"你也可以打我一顿,这样我以后就不敢了。"

陆择深看她,似乎才发现他女朋友很喜欢搞事情。他叹了口气,说:"池遇,要不要跟我走?"

池遇从陆择深的怀里钻出来,看着他说:"好啊。"

"不问我去哪儿?"

"反正跟着你就好了。"池遇知道,陆择深难过的时候很喜欢抱她,所以她必须时刻在他身边,"不管去哪儿,那个地方有你就好了。"

"那今晚呢?说好送给我的曲子呢?"陆择深连发几问,最后无奈地说,"池遇,你就嘴上会说。"

"……"池遇觉得谈恋爱的人说话真的是又酸又甜,却又直击心坎。

她微张着唇,来不及说话,陆择深低下头来吻住了她,带着隐隐的惩罚和醋意。可是传递到池遇这里，只剩甜蜜。

上天做证，她有多么期待看到这个人吃醋的表情，很好，她如愿以偿了。

她有些笨拙地想回应，却听见外面轰隆隆的敲门声。

"陆择深你给我滚出来！你把池小鱼还给我！"

池遇一惊，想转头，却被陆择深狠狠地按住了后脑勺。

"不管他。"

"可是……"

"男朋友这个时候比较重要不是？"陆择深将她压在墙上，咬她的耳朵。

池遇整个人瞬间化成一摊水。当然啊，不仅仅是这个时候，是任何时候，精确到我人生的每一分每一秒，都是你比较重要。

可是跟男朋友的家人搞好关系也很重要啊。

池遇狠狠从心头剜下一块肉，推开点距离，说："陆择深，我好喜欢你啊。"

一句话解决问题。

趁着陆择深不明所以的空当，她从对方的臂弯下钻出来，说："我哥哥说，拉拉小手就可以了。"

陆择深眉眼渐深，而池遇已经跑了。

他看着打开又关上的门，心想自己的确是心急了。

不过也确实有些嫉妒，不是嫉妒那个男生陪她在街头流浪，而是那个男生和池遇之间的牵扯比他还要深，所以他必须尽快地，带走她。

02.

乐团训练正如火如荼地进行着。

池遇每次走进春花楼都觉得被封在了一面鼓里,外面有轰隆隆敲鼓的声音,她怀疑自己再待下去就要聋了。

可是没想到自己的第一反应居然是,聋了就听不到陆择深的甜言蜜语了。

恋爱使人魔怔。池遇边走边想,冷不防撞上迎面走来的许召南,没有唐果。

"你为什么来这么早?"池遇想了想,问道。毕竟她才发现最近为了乐团忙得焦头烂额,乐团的两个首脑都没有好好沟通交流。这么忽然遇见一时之间还真尴尬。

许召南看了她一眼,先进了教室。

池遇跟在后边,半只脚踏进门里的时候又忽然想到什么,正犹豫着要不要进去,许召南却开口了:"躲我好玩吗?"

这么明显?

自从上次街头卖艺的视频在网上火了一番,池遇和许召南这对CP莫名其妙地在学校火了起来,加上两人又刚好在一起组了个乐团,更是在哪儿都有人问。

她其实无所谓的,她自觉和许召南纯白如纸,别人怎么看是别人的事。

陆择深那边,昭昭之心日月可鉴。她就差把自己剥干净放到他面前了,所以男朋友是肯定相信女朋友的。

不过唐果就不这么想啊，时时刻刻跟在许召南后面，眼神对她放刀子，据说昨晚还跟许召南吵了一架。

池遇笑，硬扯开话题："唐果今天没来？"

许召南环胸靠在钢琴上，声音没什么起伏："所以你觉得她比我重要点？怕她误会所以躲着我？"

哎，这个人究竟是怎么挖出来她的真实想法的？池遇索性也不忸怩了，走进去坐下来："我可是为了乐团，要是她一误会一生气跑了怎么办？那我们搞了这么久的乐团还有什么用？"

许召南若有所思地看着她。

池遇说："说起来唐果也挺好的，特别关心你，上一次还给我打电话准备关心你的。"

"说什么了？"许召南低着头问。

"没什么，没说完就没信号了，可是再问她她却说不记得了。"

许召南笑了声："她闲着没事，你不用再理她。"

"可是她是真的很喜欢你啊。"池遇叹了口气，"况且你对她也不是没感觉吧。她借我来关心你，你也很介意她跟我说了什么有关你的事，不就是互相在意的吗？可是你俩的谈恋爱方式我真有点不明白。"

许召南好久没出声，池遇觉得自己又把话题给聊死了。

她抬头去看他，许召南正侧头看着窗外，清晨，缠绵而又清冷的光洒进来，他的目光悠长，显得格外忧伤。

这一幕如果让唐果看见就好了。

池遇这么想着，刚好门口陆陆续续有人进来，她的注意力被引过去,余光里却看见许召南动了动嘴唇。

她没听清,回过头问:"你说什么?"

"没什么……"

只不过是大小姐,我喜欢你。

下午的时候,陆择深过来一趟,池遇正在音乐教室练琴练得焦头烂额。

特别是听说了校乐A团不仅实力强劲,还特别在学校外的音乐厅租了场子秘密训练的消息后,她就更加紧张了。

陆择深带她去吃饭,依旧是上次的那家餐厅。

不过上一次稀里糊涂,这一次却都知道了——餐厅老板之所以能格外热情的,是因为陆择深大学的时候在这里兼职弹钢琴。

她算了算时间,那个时候自己还在念初中吧,应该来过这里,却只是路过,没有来得及停下来看一看那个坐在钢琴前的少年,真遗憾啊。

她忽然好想认识十几岁的陆择深啊。

陆择深问她:"毕业音乐会还有多久?"

"下周吧。"池遇算了算,眼睛忽然亮了起来,"然后下下周就是毕业典礼了。你会来参加女朋友的人生大事之一吗?"

陆择深皱了皱眉,似乎想起什么,却不动声色地回池遇:"毕业算是人生大事吗?"

"那是。"池遇犹豫了一下,试探性地看着陆择深,"毕业了,就什么都可以做了。"

可是对方不知道在想什么，大概根本没看见她涨红了的脸，那就更不懂她的言外之意了，还特别敷衍地说："嗯。"

"嗯"是什么意思？

池遇气。陆择深抬眸瞄了她一眼，忍着笑。

池遇没注意到他的表情，又问了一遍："所以你会来吗？"

"有时间就去。"

为什么今天的陆择深这么冷漠？池遇忍着心口的酸涩，半天从口袋里掏出一张皱巴巴的纸，递到陆择深面前："喏。"

"毕业音乐会的门票，"池遇在最后一句话上加强了语气，"男朋友专席。去不去你自己……决定。"

陆择深终于看向她，半晌，拿起票，说："当然去，想看看让女朋友忽略男朋友的音乐会究竟怎么样。"

原来是吃醋了啊！

池遇的心情宛如坐上了喷射机，直冲九天云霄。

"你最近也没有主动找我啊！你也忙吧？"

是忙。

陆择深皱了皱眉，看了眼票上的日期和时间。

他早就该想到的，纪翘，是有备而来。

03.

陆择深把池遇送回学校后接到了尤瑟纳尔老师的电话，催他赶紧过去。

他暂时没有告诉池遇是什么事,池遇站在原地乖乖地看他驱车离开,回过头就看见站在校门口眯着眼睛看她的唐果。

"你怎么在这儿?许召南呢?"

唐果一言不发地看着慢慢走远的车子。

池遇挡住她不怀好意的目光,又问:"你没跟许召南一起?"

"小心眼。不用给我强调许召南。"唐果"喊"了一声,边说边往学校走,"谁?男朋友?"

"好眼力。"池遇夸她,心里暗暗想她是不是觉得自己跟陆择深看起来很有夫妻相。

唐果眼神瞄过来,肆意地看着池遇:"没想到你很不错啊,居然是陆择深的女朋友。"

"你认识他?"

"谁不认识他?"

对啊,年少成名,音乐界的大人物,谁不认识?

唐果格外不屑:"我还知道他师承著名指挥家尤瑟纳尔,几乎承包了大大小小的指挥比赛所有的头奖,就是去年被截和了……"

唐果没说完,忽然想起什么,回头去看池遇:"既然你是他女朋友,那你为什么不找他来做乐团指挥?"

池遇想了半天,说:"这不是为了让你和许召南促进感情嘛!"

"少来。"唐果白她一眼。

池遇索性不编了,有些骄傲地仰起头:"因为他可是要坐在男朋友专席上的人,怎么能轻易上台呢?!"

恶心。

唐果看着她的背影，眼神一瞬间变得格外寂寞。

怎么办啊，许召南？她那么喜欢一个人，而那个人不是你，所以你怎么办？

她想起昨晚和许召南吵架的时候，她问他："你为什么不让我告诉她有关她爸爸的事？"

她从来没有在许召南脸上看到过那么寂寞而又胆怯的表情，他说："唐果，不是她爸爸救了我，而是她爸爸因我而死……你觉得这样的话，她还肯和我说话吗？"

唐果一瞬间就放弃了，原来事到如今，你就是想要一个和她说话的位置而已。

可是，你可是我的王子啊，我却眼睁睁地看着你变成了别人的骑士。

陆择深到了秋枫音乐厅的时候纪翘正等在门口，背着小提琴朝他走来。

"人都到齐了。"

陆择深看了她一眼，没说话。

毕竟都是专业的，再加上纪翘这样的首席小提琴和陆择深这个咖位的指挥，训练没什么难度，尤瑟纳尔先生赞不绝口。

陆择深也只是微微点头，稍微客套了几句，其他无关的话一个字都不多说。

尤瑟纳尔先生叹了口气，说："快比赛了吧？"

"还有四个月。"陆择深简单答道。

"你弟弟的事……"尤瑟纳尔先生犹豫着，还是说道，"这些事我也知道，他是你最大的敌人，而你又必须救他。"他说着，瞥了一眼一直静静站在旁边不作声的纪翘。

陆择深等他说完才回："这些私事不劳老师费心了，我会安排好。"

"这样最好。"

尤瑟纳尔没有再说什么，转身离开。

"想说什么就说吧。"陆择深等尤瑟纳尔走远了才说话。

纪翘走上来，轻声笑："你应该知道了吧……这个比赛，是学校的毕业音乐会。竞争者刚好是你的女朋友。"

陆择深知道。

在池遇给他那张票之后才知道，所以他甚至都没有来得及告诉她这件事。

纪翘接着说："我听说过他们乐团的一些事，只是有些奇怪，为什么她宁愿和别的男孩子街头卖艺求一个指挥，也不肯求自己的男朋友？还是你不肯答应她？"

陆择深皱了皱眉："她有自己的想法。"

纪翘冷笑："你到底是尊重这所谓的她自己的想法，还是你根本不在乎这种事？"

陆择深终于凝眸看她。

纪翘不否认，她一直在试图挑战陆择深的底线，她知道陆择深是真的动情了,可是她想知道,这个情他动得多深。

"纪翘,答应你的事情我会做到,你不用担心别的。"陆择深声音沉沉,"你只需要……"

他没有说完,纪翘却接着他的话说了下去:"我只需要好好保重身体对不对?因为很可笑,你和你弟弟的骨髓无法配对,而我刚好可以。"

所以即便他不愿意站在池遇的对立面,他也必须站在那里,因为这是对另外一个女人的偿还。

那是他的弟弟。他救不了他弟弟,也没有人会无条件救他弟弟。可是纪翘恰好出现了,她握着筹码,而条件是他。

陆择深觉得口袋里的那张票似乎燃烧起来了,穿透一层薄薄的衣服,灼烧着他的皮肤。

池遇用别扭又期待的表情说着男朋友专席的样子又出现在眼前。

陆择深闭了闭眼,努力去忽略那种感觉,应该没问题的,毕竟她总是很懂事,哄哄就乖了。

04.

池遇是在比赛的前一天从宣传海报上看到纪翘的名字的。

她算是认识纪翘,小提琴界的楷模,和陆择深一届的A团首席。听说是出于对自己母校的支持和对同乐团后辈的激励,所以亲自担任A团小提琴首席,参加这次毕业音乐会暨校乐比赛。

海报的另一边是一片阴影，据说是神秘大咖，亲任指挥。

池遇有些紧张，没想到自己要对付的居然是这么厉害的人。

许召南在她身后，问："怕了吗？"

"怕什么，最不济出个丑，反正也不是没出过。"池遇说完才觉得不对，陆择深要来的啊，"不行，这一次不能再出丑了！我非常有信心。"

许召南的目光淡淡地扫过她："最好能把这个势头保持下去，毕竟整个乐团都扛在你的肩膀上。"

池遇抿着唇给自己加油，跟在许召南后面去音乐教室临阵磨枪。

好不容易等到休息的间隙，池遇给陆择深打电话，可那边一直没人接。

这两天他好像越发忙了，池遇想，应该是赶在比赛前忙完，然后可以安静地看她比赛顺便庆祝一下吧。

越想越觉得飘浮，唐果路过的时候狠狠白了她一眼："再偷懒，你就输定了。"

结果是即使池遇真的没偷懒，她的话也一语成谶。

比赛当天池遇才联系到陆择深，她站在音乐厅门口，怕陆择深来了找不见地方，从下午训练完就等在这里了。

陆择深接了电话，声音听起来有些疲惫："池遇，对不起。"

"没事，我已经准备好见你了。"尽管不知道陆择深为什么要道歉，可是池遇依旧劲头十足，"你什么时候能过来啊，会在吃晚饭前吗？"

"那我们去吃鸡米饭好不好,嘿嘿,我可能是紧张了,紧张的时候,喜欢说话和吃鸡米饭……"

池遇自顾自地说着,那边却一直没说话,她似乎才意识到,停了下来,喊了声:"陆择深。"

"我在。"

"你是不是觉得我很吵啊……"池遇抠手。

"……"

没有听到当机立断的否定,池遇心里塌了一大半,整个人如同霜打的茄子,再准备开口时,陆择深才说话:"回头。"

"嗯?"

"我在你身后。"

……

池遇回过头,一眼就看见人群中的陆择深,深黑色的西装,精致的轮廓,似乎是特意整理过的,在人群中稍稍冒出点头,修长挺拔。

"啊,你真好看。"池遇不知道怎么,话就从嘴里冒出来了。反应过来的时候,她吐了吐舌头,人已经跑过去了。

"你来得好早。"池遇站在他面前,等他抱抱她。可是陆择深没有动,眼里漆黑一片。

池遇不明白,接着说:"我们待会儿有彩排,你能先不要看吗?这样待会儿正式比赛的时候才有惊喜。"

"池遇。"

"嗯?"

"陆择深,该进去彩排了。"一道陌生的女声,温柔又好听,池遇想回头,却被陆择深一把揽进了怀里。

陆择深的大手按着她的头埋在自己的胸口,他说:"池小姐,今晚比赛,多多指教。"

什么意思?

池遇听着陆择深的声音,心里闷闷的,始终不愿意去考虑的可能性居然真的发生了,她好久才听见自己的声音:"陆择深,你是不是……"

"是。"

"那你为什么不告诉我?"池遇忽然觉得委屈,却又不明白这到底是为什么,只是这种情绪在陆择深按住她的那一刻就从心底蔓延开来。

我都舍不得让你站在那里,可是你却和别的女孩子站在聚光灯下。凭什么,你可是我的男朋友。

可是我又凭什么这么说,从什么时候开始渐渐变得贪心了,明明一开始只是想站在你身边就足够了。

池遇觉得自己太过分了。

"池遇,对不起。"陆择深说,"没有事先告诉你是我的不对,但是我一直不知道该怎么跟你说这件事,好像不管怎样你都会不开心。"

是啊,我就是会不开心,就是小气,就是没有你大度。

可究竟是我不及你的大度,还是你不及我的喜欢?池遇心里越想越难受,陆择深的话依旧响在耳边,而她根本不知道他说了些什么。

"池遇，这件事我有不得已的苦衷。"这次换成陆择深喋喋不休了，感觉不到池遇的回应，他越抱越紧，"我……正在努力学习怎么哄女朋友开心。"

"没事的。"池遇低着头，半天才说出几个字，"反正我之前也和别的男孩子在路边卖艺，这一次你和别的……反正我们扯平了……"

池遇从陆择深怀里挣开，说："那你快进去吧，我也要去乐团了。"

池遇说着，后退了几步，然后转过身往音乐厅跑去，她没有再看陆择深，却偷偷瞥了眼刚刚说话的女孩子。

纪翘，她真好看。

05.

池遇回来的时候看见唐果和许召南站在窗边，她抬眸看了眼，那里刚好能看见音乐厅门口自己刚刚站过的地方。

看来大家也都知道了。

许召南皱眉看着她。

唐果瞥了眼，慢慢走过来，朝着池遇说："别把这副表情带到比赛中，大大小小三十几号人可是陪着你练了一个月了。你要是因为自己的感情原因影响了大家，应该会以死谢罪吧。"

"我没有。"池遇狡辩，"我就怕你比不上他，然后我们输掉了。"

"正常输掉比赛事小，要是因为意外输了，那就很尴尬了。"

一直站在旁边没说话的许召南走过来，递了瓶水给她，说："乐团是我组织起来的，成败是我的原因。"

"对啊，要是输了比赛拿不到前三乐团建不起来，大家没学分又白白浪费了这么多时间，被骂的肯定是许召南，你只需要躲起来就好了。"唐果一口气说完，丝毫不畏惧许召南的眼神。

池遇慢慢抬起头来。

"不会的。"她说得很慢，"我不会躲起来的，哪怕是臭鸡蛋扔过来，我也会受着的。"

"那正好，十个鸡蛋扔过来三个人平均下来也少了三分之一，能抗住。"

唐果说完走出去，她怕再说一句许召南就开口让她滚了，她可不想被赶着走。

休息室里忽然安静下来了，许召南靠在窗边，忽然开口，问："还期待吗？"

期待吗？

当然期待啊，自己对于音乐的喜欢全部投入进来了，生平第一次克服自己的不足融进一个乐团之中。终于可以成为一首曲子最必不可少的一个部分，听见奏鸣曲中属于自己的那一个音节。

期待站在聚光灯下，期待陆择深能看见自己闪闪发光的样子。

可是其中有关陆择深的那一部分却忽然变成了难过。自己从第一天就开始等这一天，而这一天真正来到的时候，却发现自己一直以来的所作所为就像小丑一样，从送票开始，到今天见到他，之前叽叽喳喳说个不停的都是幻想吗？

陆择深从始至终都没有打算坐在那里过，她真的很傻。

"许召南。"池遇不想再去想陆择深，换了个方向，问许召南，"要是我输了，你会怪我吗？"

"不会。"

"那他们呢？"

"也不会。"

"为什么啊？输了比赛大家一定会很难过吧？"

"不是比赛。"许召南声音沉沉，慢慢说道，"不用当作比赛来看，就当是一场表演，既然期待就好好享受这个舞台，失去了那一个观众还有别人。你应该为了自己站上去。"

池遇看了他好久，说："许召南，你正经熬鸡汤的样子像一个天使。"

"天使就天使吧。"

"不过……"池遇站起来，深呼几口气，扯着嘴角笑，"说真的，以前只有做梦的时候，才想过自己能进交响乐团，现在还挺谢谢你的。"

"所以我不会让你失望的！"池遇握了握拳。

"准备好了，就去吧。"许召南说完，看着她斗志昂扬的背影，笑了笑，其实她比任何人都要会安慰自己，即使上一刻再怎么辗转反侧，下一刻也能给自己找到退路。所以她看起来永远很开心的样子，这些许召南都知道。

只是池遇不知道，从一开始，他的出现和这个乐团的存在，就是为了送她一个美梦。

A团的表演不负众望,甚至是震惊全场,毕竟有陆择深和纪翘这样国际知名的搭档在。在场的人也算是一饱耳福了,况且也不是所有人都能见到这样一对璧人的合奏。

池遇站在后台,透过幕帘的缝隙看着陆择深大概的轮廓,然后仔细听完。

果然啊,人与人之间的差距怎么就这么大呢?他的身边明明可以有别人,比她好比她漂亮,而她总是像个笑话。

刚刚好不容易给自己积攒的底气现在又没了。而且下一个就是他们上场了,怪她,手气不好,抽在了最优秀的乐团后面。

许召南白了她一眼:"刚刚不是还挺厉害的吗?"

"临阵腿软。"池遇说。

许召南无奈,又看向唐果。唐果明白:"好啦,交给我了。"

许召南作为乐团大主管是不上台的,只需要找个角落抱着胳膊看一看就好,所以池遇一度想让许召南上,反正他也会小提琴,而且比她还厉害。

不过许召南完全不给她开口的机会。

大家摆好队形准备。

准备上场的时候,陆择深他们刚好下来,隔着半边候场区,池遇看了他一眼,他刚好也看过来。

简短的对视,池遇第一次将目光先从他身上移开。

她看见了,陆择深的指挥棒和纪翘的琴弓是一套的,又登对又默契,大概在场的所有人都能轻而易举地看出来什么吧。

不像她，池遇忽然觉得手里的琴弓格外割手。

池遇上台的时候，看了一眼她求主办方特地留的座位，上面没有人，陆择深也不在台下。

她深呼一口气，余光瞥见角落里的许召南，他抱臂斜靠在墙上，微弱的灯光下似乎看见他抿着嘴微微点头的样子。

放心，许召南说。

池遇点点头。

我挺放心的。

06.

前头实力不凡，到池遇这里整场比赛下来算不上有什么轰动，可对池遇来说没出什么意外已经是万事大吉了。

最后一个音符随着唐果的指挥棒落下来。一秒的寂静，随即而来的是一阵雷鸣般的掌声。

聚光灯打在她的脸上，池遇已经看不清台下的人了。她努力使自己情绪平复了点，好不容易才在唐果拼命暗示下记起来，弯腰，谢幕。

什么感觉呢，好像始终不敢飞翔的小鸟终于张开了翅膀，突如其来地感受到天空的辽阔和广袤。

意想不到却有赚到的感觉。

回到后台的时候，池遇差点瘫软在地上，许召南不知道什么时候又从台前回到幕后的,他环着手不动声色地用脚踢了张凳子过去。

池遇没摔到地上,坐在凳子上像放了气的气球。

唐果看了许召南一眼,似乎特别瞧不起池遇:"没想到你能尿成这样。"

池遇定了定神:"我也没想到我居然真能在演奏会上拉小提琴。"

"出息呢?"

池遇嘿嘿笑了两声,有点没回过神,可是也就高兴了这么一会儿。

许召南提醒她:"不用放松,接下来还有两个星期后的大比赛。"

池遇恍然记起来,神乐小提琴比赛,陆择深好像一直都挺看重她参加这个比赛的。所有的训练也是为了神乐比赛。

至于学校的这次,他大概觉得只是小打小闹吧。

比赛结果出来得很快,他们在休息室,池遇不肯出去,许召南就陪着她。结果是唐果回来告诉她的,第四名,跟第三名差了 3.5 分。

池遇觉得有一口气堵在了嗓子眼,就差那么一点点,这个乐团就可以存在下去了。就差那么一点点而已。

不过,唯一值得庆幸的是老师还是给了他们乐团成员学分,对于他们也算有个交代。

池遇脑袋又耷拉了下去:"对不起啊,许召南。"

"之前怎么没看出来你这么有胜负欲呢?"许召南问。

池遇想了想:"也不是特别想赢,就是没有拿到成绩便觉得自己不够好。"

"够好了。"唐果咕哝了一句,拉着她站起来,"上一次在我们餐厅门口不是说要请吃饭嘛,不如就现在了,反正颁奖你也不会去。与其想那些没用的,还不如吃一顿准备下次比赛了。"

池遇顿了会儿才记起来,而且不光那一次,自己好像欠许召南很多次饭了。池遇正在心里盘算着哪家店便宜又好吃,开门却撞上了一个人。

"池遇。"

池遇猛然抬头,是陆择深。她以为他不会来的,这下都有些措手不及:"你……怎么在这里?"

"打你电话没人接。"陆择深的目光有前所未有的专注,紧紧地看着池遇。

可是现在的池遇没法跟他对视:"你应该要跟你老师一起去庆祝吧,我们这边刚好……也要去吃饭了。"

池遇承认,她想逃。

之前沉浸在陆择深给她制造的幻想里,而今终于看清自己的位置,才明白自己一直以来都在白日做梦,她始终是配不上他的。

池遇绕过陆择深,想走,却被他一把抓住了胳膊。她忽然想起上一次做出这个姿势,是在学校门口碰见他的时候。

原来已经过去这么久了。

"你又想跑到哪里去?"陆择深将她拉进怀里,半圈着她,顺手带上了门,将那两个人关在里面。

空荡狭长的走廊只剩他们两个人。池遇不知道该怎么办,说:"我没想逃,我就想请他们吃饭。"

"不是说晚上跟我吃饭的吗？"陆择深垂眸看着她，声音游离在她头顶，"为什么不接电话？"

"没听见。"

"为什么不找我？"

"你忙。"

陆择深问一句，池遇回答一句，一直到最后，陆择深终于没再问了。他叹了口气，说："原来吃醋的女朋友是这个样子的。"

"……"

"是我的错，我道歉，可是你不能不给我道歉的机会。"陆择深见池遇没什么反应，"我会出现在这里，是因为之前答应了老师，我没法在恩师面前出尔反尔。"

另外一半理由，陆择深没说。

池遇看了他好久，似乎是鼓足了勇气说："陆择深，要不分手吧。"

池遇不敢再去看陆择深的表情，别过眼一口气说完："其实你想一想，你也并不是真的喜欢我吧。你一开始答应和我在一起，是因为觉得我还不错，找我当你的小提琴。你帮我训练，让我参加神乐比赛，是为了让我获得留学资格，可以有一个站在你身边的身份。你对我好，是因为承认了男朋友的身份，始终在尽男朋友的责任。陆择深，你看你又好看又优秀又有责任心，不管是谁跟你在一起都会过得很好。可我不行，我要得太多了。"

"你是认真的？"陆择深好久才说话，声音沉了下来。

不是认真的。池遇其实说完就后悔了，可是没办法，她总觉得自己配不上他，没办法底气十足地和他站在一起，她想先一个人静一静……

　　长长地叹息一声,陆择深伸手擦了擦她眼角的泪,强迫她看着他的眼睛:"池遇,可能有什么误会,但是这些话我只说一次。我追你,是因为喜欢你;帮你训练,是因为想让你在我身边;我对你好,是因为想娶你,想让你觉得我不错,愿意嫁给我。"

　　池遇眼泪流得越发汹涌。她哽咽了半天才说出话来:"你这是在求婚你知不知道?"

　　"所以你答应吗?"

　　"可……可我们刚刚分手了。"

　　陆择深无奈,身体微弯下来吻住她的唇,说:"陆择深有一个原则,从来不吻前女友。"

　　池遇还在抽泣着,把头埋进他怀里,闷闷地说:"陆择深,对不起。"

　　"求婚的时候你要说对不起吗?"陆择深笑了笑,轻轻拍着她的背,"没关系,我们慢慢来。"

第八乐章

维尔海姆《圣母颂》

01.

迟川每次拍电影都如同人间蒸发了一样。

最近也是错过了诸多事情,正想着找陆择深谈谈自家妹妹的事,去了陆择深家里才看见站在二楼阳台一脸苦逼拉小提琴的池遇。

这是……被奴役了?还是同居了?

作为哥哥,哪一种情况对于他来说都是一股巨大的冲击。

明明千叮咛万嘱咐拉拉小手就够了的!

他问池遇:"陆择深对你怎么样?"

池遇脸红,想岔开话题,可是看着迟川不知道什么时候又染回的白发,有些无奈:"你为什么又把头发给染白了?"

"工作需要。"迟川冷哼一声,"陆择深惯的?教你这么跟哥哥讲话？"

池遇仔细看了眼迟川，满眼血丝，眼睛下面青黑一片，不免有些心疼，可是想了想最近看的新闻，又问："你这是谈恋爱去了？"

"哈？"迟川刚想说什么，陆择深走了进来。

他刚从乐团回来，西装搭在臂弯，衬衣解开了两粒扣子。

池遇看了一会儿，忽然等不及站起来，蹦蹦跳跳地跑过去接过他手里的衣服。

迟川在身后不齿："狗腿子！"

池遇回头瞪了他一眼，其实平时也不是这样的，今天就想表现一下，又或者这个时候出现的陆择深，凌厉而禁欲，让她根本没办法把持住自己。

可是，这个让她没办法把持自己的陆择深居然又要离开了。

迟川看不得她在旁边一脸垂涎欲滴的样子，赶她走。

陆择深一把将她拉住了，对着迟川说道："下周要离开一段时间，这段时间就得麻烦哥哥你了。"

"什么时候没麻烦我？"

"你要去哪里？"

迟川和池遇几乎同时出声。

"去一趟意大利。"也许是见色忘友，陆择深只回答了池遇的问题。

"去多久啊？"

"很久。"陆择深回，"不过会在你比赛前赶回来。"

很久……

池遇心里一顿，陆择深似乎怕她又想不通，说："本来可以等到你比赛完再去的，但是事发突然……"

"你们这是要异地恋了？不对，异国恋。"迟川在旁边唯恐天下不乱。池遇更是惆怅了，他们没谈多久恋爱就要异国恋了，这下怎么也开心不起来。

况且，这么一算，下周和陆择深约好来参加自己的毕业典礼这件事又泡汤了……

迟川坐在一边受够了池遇的表情，说："舍不得就跟着一起去好了……"

"不是要毕业了吗，反正你也没地方去，都住到他家了，应该也是下定决心不要我这个哥哥了，既然如此就跟着跑啊。"

迟川毫不避讳在场的陆择深。

陆择深也不介意，笑着说："池遇，神乐小提琴比赛中，每年都会有一个去意大利留学的名额。"

陆择深说："下个月我来接你。"

陆择深走的前一天晚上池遇拉着他去听了一次演奏会，尤瑟纳尔专场，可是首席小提琴却不是纪翘。

她悄悄地看了眼陆择深，对方似乎一点都不惊讶。池遇也没说什么。

第二天，他想跟着去机场送他也被陆择深拒绝了。

他说她得好好练琴，可是她没心情。

陆择深是上午十点的飞机，池遇六点半钟从床上爬起来的时候，鞋都没穿就去敲陆择深的房门，看到正在整理衣服的人时，顿时松了一口气。

陆择深扣完袖扣,问她:"怎么了?"

池遇似乎刚睡醒,头发乱糟糟地盘在头上,眼睛半睁半闭,整个人像是梦游般,却忽然跑过来准确无误地扑进陆择深的怀里,她说:"我舍不得你。"

那一刻,陆择深觉得自己的心仿佛被什么套牢了,是他根本无力挣开的东西。

他不想走的,可是没办法,他弟弟等不及了,纪翘必须赶过去,条件是恢复期陆择深必须在她身边。

"不是还没走吗?"他回抱住怀里的人,忽然觉得自己这句话说得特别没有底气。

在说出口的那一刻她就发现了,他也很舍不得她。

池遇在他怀里轻声呓语:"我会认真比赛,获得留学名额的,我会很努力的。你一定要等等我啊。"

"好。"

其实,有句话陆择深没有说,后来也忘了说,他想告诉她,不努力也没关系,反正我们始终要在一起的。

可是他争强好胜的小女朋友,不按照自己的方式来是不会罢休的。

笨点就笨点吧,只要她始终是在向他走来,就够了。

02.

陆择深走的这一天迟川也接了新的通告,去国外拍杂志。

所以陆择深特地当面把池遇交给迟川绝非明智之举。

池遇是在刷微博的时候看到消息的，却没有想到某一条小众的转发上面居然提到了陆择深。

很简单的一张图和一句话。

照片上有两个人，前面正是被挤得一团的迟川，可是镜头的焦距却定在他身后不远处的那个人身上，长腿阔步，正低头翻着手里的资料。

醉翁之意不在酒，摄影者根本就不是要拍迟川，而是陆择深。

配的文字是"嘤嘤嘤，他好好看，他们好配"。

池遇反反复复看着这几个字，和转发上面的数字……突然觉得自己有一股旺人的潜力。

身边的迟川忽然火了，许召南在学校也因为街头卖艺的视频火了，就连现在的陆择深也被推上了娱乐频道。

但是除了这条评论，还有一条热门点赞的评论也吸引到了她。

同样是"他们好配"这四个字，可照片里却是截然不同的人。

池遇没想到，陆择深是和纪翘一起去意大利的。

池遇没再继续看下去。

她去音乐教室找许召南的时候，才知道唐果也在那里。

他们正在练琴，四手连弹。

曲子是莫扎特在十八世纪末，为了和朋友那精通钢琴的女儿合奏，特别写的，也是莫扎特一生唯一的一首钢琴二重曲。

曲风轻快，合奏起来蛮费工夫的。可是许召南和唐果的弹奏，却让池遇觉得恰到好处。虽然唐果自始至终都有些吃力,在努力踩着许召南的节奏。

池遇在门口看他们弹完了才出声,许召南看了她一眼,唐果却没注意到她,趴在钢琴上似乎耗尽了力气,说:"许召南,为什么我跟你合奏永远都是我在适应你,可是你跟池遇合奏,都是你在将就她啊?"

"因为我是大小姐啊。"池遇走过来,笑嘻嘻地说道。

唐果听见声音忽然直起身子,回过头来紧皱着眉头看她:"大周末的你为什么会在这里?"

"我让她来的。"许召南帮忙回答了,从旁边的乐谱架上翻了一本谱子扔到唐果面前,"换一首吧,这一首不合适。"

"可是……"唐果想说什么却没说出来,又去看池遇,没什么好气,"你为什么要参加神乐?"

"啊?"问题太忽然,池遇还没想好怎么说。

唐果接着说道:"是因为保送的留学名额对不对?因为陆择深在意大利,所以你可以获得一个更好的身份和一个更独立的理由跟在他身边对不对?"

池遇没说不是,大概就是了。

其实她知道,不管是迟川还是陆择深,都有足够的能力让她随时随地跟在他们身边,可是她不想当一个寄生虫。

当年陆择深不借助陆家的一丝一毫走到今天,她也想靠着自己的努力走到他身边。

唐果笑笑:"我说得没错吧。"

"没错。"

可是既然这样，许召南，你为什么还要这么帮她？

唐果回头去看靠在窗边的许召南，她承认自己是故意问池遇这些问题的，想让许召南认清现实。

他一直在做的事，就好像站在河岸，明明想留住池遇，却在亲手将她送到河的对岸。

可是许召南他到底在想什么呢，唐果不知道。

许召南走过来，说："可以训练了？"

池遇看了眼唐果，点头。

"那我就不打扰你们了。"唐果拿起桌子上的书包就走了，关门的声音很恰当地诠释了她的情绪。

池遇吓得一愣，看着许召南说："你为啥老气唐果啊，其实我觉得她挺好的。"

"你觉得是我在气她？"

"那就是我了？"

许召南没在这个问题上继续下去，他把话锋转到池遇身上，问："陆择深走了？"

池遇架起小提琴开始调音，说："对啊。"

许召南没有继续问下去，池遇却看出来了："你是不是想问我，他为什么会和纪翘一起走？"

"还以为你不会关注那些八卦，没想到消息还挺灵通的。"

"当然了。"池遇试了下音，"其实，不管怎样我从来都是相信他的。上一次音乐会的事生气，是气自己，觉得自己不够好，不如别人。可是想清楚了，就觉得自己不应该干生气啊，既然不如别人，那么就应该努力，直到自己配得上他。"

许召南笑了笑："你挺喜欢他的。"

"就像唐果喜欢你一样。其实这还是上一次你带我去找唐果的时候学到的。"池遇笑，"我第一次见她的时候，是你俩在祈愿林，那个时候她是一个多么青春洋溢、肆意妄为的女生啊。再见的时候，她就染回了头发，卸了乱七八糟的妆，开始用心对待音乐，甚至强迫自己接受她不喜欢的我，硬生生将自己变成了另外一个样子。所以你看吧，她喜欢你。于是很努力地为了你变得更好，而我喜欢陆择深，也应该努力啊。"

许召南看着她脸上的表情，过了很久才说："做自己不好吗？如果喜欢一个人就要改变自己，不会太累吗？"

"不是改变。"池遇有些固执地说，"是长大，成长为更好的自己。"

窗外的蝉鸣插进了忽然而至的沉默里，许召南直起身子，声音带着夏日午后的慵懒，说："我知道了，听着烦，还是练琴吧。"

我知道，爱让人成长。

我们都在爱情里成长为另外一个样子。

03.

毕业典礼的前一天晚上，池遇给陆择深打电话。

池遇变着法地暗示了好多遍自己明天就要毕业了，可是那边似乎一直兴味索然，说最近忙得焦头烂额，明天还有场演奏会要去。

池遇听出来他声音里的疲惫，最后只好放弃，嘱咐他早点休息。

挂电话的时候，陆择深喊了声她的名字，可依旧什么也没说。

许召南似乎很不喜欢这些形式上的东西，根本就没来参加毕业典礼，所以唐果也没跟来凑热闹。

之前的乐团成员，室友早早听从家里的安排出去实习了，大小号兄弟相依为命，依旧对她爱搭不理，倒是陆小冬来找过她，送了她一块蛋糕就跑了。这让她有些莫名其妙。

于是毕业典礼那天，所有人穿着学士服成双成对拍照的时候，只有她一个人站在那里显得又寂寞又傻缺。

后来这一幕被拍进别人的相机里。

图书馆门口迎风摇曳的花丛里，她站在那里，学士帽斜斜地戴在头上，学士服被风吹得鼓起来，就像一个即将飘起来的黑色气球。

池遇觉得自己这辈子所有的孤独都丢在了那一刻，随之而来的叫幸福。

拍完照就是正式的毕业典礼了。

池遇坐在颁奖台下，听完校长致辞又听学生代表发言，身边好几个同学都哭了起来，二楼看台上还有同寝室的几个女孩子举着横幅，写着"青春不散场"之类的非主流个性签名。

池遇倒没什么感觉，闲着没事听完了发言，又听了一场由优秀毕业生组建的乐团演奏会。

整场听下来,她已经是筋疲力尽了。

散场的时候,已经是晚上七点了,周围的人闹着去聚餐,池遇从人堆里偷偷溜出来,可是也不知道能去哪儿。

她想给陆择深打电话又担心他太忙,于是自己围着学校四处转了一圈,最后在学校北门找了个地方坐下来。

这个时候,她才想起包里被压得有些变形的小蛋糕。

池遇笑了笑。

她真是笨蛋,居然忘了今天是自己的生日。

她看了眼对面教学楼里的一盏盏亮着的灯,真的觉得全天下没有比自己更苦逼的人了。

男朋友不在,哥哥又不理,还没朋友。

真失败啊,池遇准备拆开蛋糕的时候,电话响了起来。

她一紧张,蛋糕掉在了地上,眼泪瞬间就掉下来了。

池遇眨了眨眼睛,等眼泪流出来才慢慢接起电话:"陆择深。"

"在哪儿?"

"在……"池遇四下看了看,在哪儿才合适呢,她吸了吸鼻子,"在外面。"

"哭了?"陆择深声音很轻。

池遇心里一酸:"没有,被风吹的。"

那边笑了笑,问:"想我吗?"

"……"池遇不说,陆择深却说了:"我想你了。"

陆择深不知道自己从什么时候开始,习惯将以前觉得羞于启齿,没必要说的话，全部说出来给那一个人听。

"可是你现在才想起我来……"池遇不悦。

陆择深又笑了一声，说道："不对，池遇，我想了你一整天了，一整天都在想，我不在的话，我女朋友一个人要怎么过生日？"

他知道？

知道还让她一个人承受着现在这种凄凉？

池遇索性也不擦眼泪了，就让它慢慢流。她想生气，可是不知道该生什么气。

陆择深接着说："现在有吃蛋糕吗？"

池遇看着变形的小蛋糕，说："有。"

"有许愿吗？"

"没有。"

"那就闭上眼睛，许个愿。"陆择深的声音带着淡淡的蛊惑，将这种哄小孩子的话说得格外正经，"池遇，许个愿吧。"

池遇乖乖闭上眼，停了一会儿才说："许完了。"

"那就可以吹蜡烛了。"

哪里有蜡烛？

池遇苦笑，眼里全是泪，却还是听了他的话，对着眼前迷蒙的光晕轻呼一口气。可就是那么一瞬间，眼前教学楼的千盏灯光次第而灭。周围只剩一片皎洁的月光，与教学楼上所剩无几的几盏灯交相辉映。

尽管留下的灯有些变形了，但池遇还是认出来了，它们刚好排列成了他们的名字——L&C。

你的姓氏，我的名字。

池遇喃喃，说不出话来，只听见听筒里的声音逐渐在耳边清晰，她回过头，陆择深站在那里，一身风尘。他稍稍张开手，池遇便扑进了那个思念很久的怀抱，蹭干了所有的眼泪。

刚刚还隔着千山万水的声音，现在就在她的头顶格外清晰地响起，他说："池遇，生日快乐。"

"还有呢？"池遇抓着他的衣襟，止不住地哭。

陆择深想了想，说："还有，毕业快乐。"

"可是我穿学士服的时候，你都没有来。"

"毕业做了什么？"陆择深问。

池遇推开点距离，没擦完的眼泪擦到自己袖子上，说："拍了照，穿了学士服，领了毕业证，听了音乐会，聚餐我没去……"

"你开心的话，可以随时穿学士服给我看。"

"毕业证我看见了，双学位很厉害。以后的音乐会，每一次我都可以陪你，至于拍照……"陆择深顿了顿，"池遇，我不是很擅长拍照，可是很早就准备好了一件事，为你准备的，就等你同意了。"

池遇觉得自己的心跳仿若擂鼓，她缓缓抬头看着陆择深的眼睛，那是一双像笼络了这个夜晚所有月光的眼睛。

池遇问："你想说什么……"

"之前有人得意地跟我说，毕业了就什么都可以做了？"

池遇脸上仿佛燃起了一把火，她顺势把头埋在他的胸口不肯抬起来。陆择深笑意沉沉，搂住她说："池遇，你说的我都记得，所以我等这一天很久了。"

04.

手术的那段时间,陆择深几乎是形影不离地陪在纪翘身边。

一直到近两天,他见她身体状况稍微稳定点才联系池遇,他弟弟那边情况也还好,所以池遇生日那天他几乎是马不停蹄地赶回来的。

那边只给他两天的时间,可是纪翘打电话过来的时候,已经是第三天了。

纪翘的声音听起来分外虚弱,她说:"陆择深,我这是被你利用完了吗?"

陆择深正在监督池遇练琴,他没有过多的情绪,说:"纪翘,适可而止。"

"我现在需要你。"

"你不是现在需要我,而我也不可能一辈子做你的必需品。"陆择深的声音带着淡淡的疏离,"纪翘,欠你的我会慢慢还,不过不包括用我自己来补偿你。"

"你是怕她拿不到留学名额吗?"纪翘笑,"陆择深,你有没有想过,尤瑟纳尔老师的学生,我随意说服一个去参赛,就能打败她?池遇她不过是一个稍微有点才华的普通人,她根本不配站在你身边。"

"你随意。"

陆择深挂了电话。

池遇走过来,一副欲哭无泪的表情:"陆择深,这首曲子好难。"

"不是和许召南合奏吗?"

"你知道了?"池遇惊讶。

陆择深却不以为然："女朋友的男同学自然要多关注一点。"更何况还是这么危险的一个人。

池遇偷看他："那你吃醋吗？"

"你希望我吃醋？"陆择深接过她手里的小提琴帮忙调了下音。

池遇想了想："嗯，不是我希不希望的问题，是你会不会的问题。"

"不管我跟别的男生干什么，你总是一副云淡风轻的样子，好像根本不在意。"池遇说着，才意识到陆择深盯着她的目光，于是接下来要说什么全忘了。

"接着说。"陆择深不慌不忙。

池遇记不起来接着要说什么了，只好说："没有了。"

陆择深叹了口气，将她拉过来，从背后抱住她，像是教小孩子写字一样，环过来握着她的手，用琴弓碰上琴弦。

小提琴声音响起来的那一刻，她听见陆择深在她耳边轻柔地叹息。他说："池遇，要怎么说呢，我嫉妒得要死，可是我没法对你生气，只能恨自己不够年轻，不能从一岁的时候就陪着你。所以我没办法，只能看着你有属于自己的年轻，而我已经老了。不过还好，池遇，你心里那些乱七八糟的想法终于肯说出来了。"

陆择深一直待到了比赛的当天。

池遇不让他去，因为有他在她会害怕，陆择深没办法，只能包了音乐厅二楼的雅间，角度刚好可以看见她，而她应该也不会注意到这边。

上一次学校的毕业音乐会他很羡慕当时许召南的那个位置，她上台前可以在那里,她在台上他依旧可以看得见,甚至可以在谢幕前,早早地等在那儿。而如今,陆择深依然很羡慕许召南的位置,他同她演奏谢幕,他陪在她身边,甚至一起散发光芒。

那才是一个男朋友该做的不是吗?

可是池遇害羞,于是陆择深就只能坐在那里从第一组等到最后一组,像一只被抛弃的小野狗。直到两个小时后,他才终于看见自己的女朋友。

她穿着一身红色的抹胸长裙,化了淡妆,一双眼睛在舞台上格外明亮,微卷的长发披在背后,挡住了少女细腻姣好的后背,可是前面……陆择深皱了皱眉。

他第一次见池遇好好打扮,的确……很不一样。

池遇这一组选的比赛曲目是德国小提琴家维尔海姆的《圣母颂》。

这是一首根据舒伯特的同名歌曲编成的小提琴独奏曲。曲调句句层次清楚,深邃而通畅,情感浓重,格律严谨。起始在 G 弦上浑厚多姿的曲调,感人至深。

当用八度双音演奏时,钢琴伴奏使用了大幅度波浪进行的琶音。在乐曲高潮中涌现出圣洁的色彩,直到最后,全曲在异常宁静中渐渐消失。

池遇屏着呼吸,最终缓缓吐息在随之而来的掌声中。

她看了眼在一旁伴奏的许召南,他看过来的视线让她觉得安心,可是她总觉得背后有一道凌厉的目光。

幕布缓缓合拢,池遇谢幕的时候,四处看了一眼,长舒一口气,他没有来吧……

可是刚回休息室,她就意识到自己想错了。

她刚准备和许召南击掌鼓励一下彼此,转眼就看见了站在窗前的背影。

"陆择深?"

陆择深回过身,双眸微沉,大步走过来,池遇还没反应过来怎么回事,整个人就被陆择深脱了西装外套裹住了。

"陆择深……"池遇试图拿下外套,却被抱住了。

"谢谢了。"陆择深紧紧环住她,说话时却看着许召南,"这段时间麻烦你了。"

许召南笑了一声,目光懒懒地从池陆择深身上移到池遇身上:"不麻烦,甘之如饴。"

陆择深眼色微暗,说:"也是,以后就没有了。"

池遇想装听不懂,可是迟川的剧看多了,她对这种情况总会莫名敏感。

她试图从陆择深的怀里钻出来说几句话,却被按住了头。

陆择深说:"那我们就先走了。"

于是池遇就这么半胁迫半顺从地被陆择深带了出来。

音乐厅门口,夏夜的风带着阵阵沁凉的味道。

池遇停下来,好不容易从陆择深宽大的衣服里面钻出来喘两口气,却被突如其来的吻堵住了唇。

与其说是吻，不如说是陆择深狠狠地咬了她一下。

池遇脸红："你为什么来了……"

"还没问你为什么不要我来？"

池遇眼神闪烁不知道该看哪儿，扯开话题，说道："那你觉得我好吗？"

"好。"

爱情令人盲目，池遇觉得陆择深现在的意见完全构不成建议，于是换了个说法："我的意思是，我会拿到奖吗？"

"那你害怕吗？"陆择深紧了紧她身上的衣服问。

池遇想了想，回道："我怕你担心自己太老了，就不等我了。"

"那你嫌我老？"

不是你自己说的吗，池遇咕哝："我嫌我太慢了。"

"不慢了。"陆择深抱住她，"我走得不快，你可以慢慢来。"

第九乐章

C&L《重叠的乐章》

01.

比赛结果是三天后才出来的。

池遇的表演多多少少在音乐界掀起一阵微风,不过很快便被掩盖了,获奖的是另外一组。

池遇压根儿不记得曲子是什么,估计那个时候全紧张自己的去了。

不过对演奏的人还有点印象,是一个女孩子。

看不出陆择深有什么失望的表情,明明一开始他最在意来着,现在却成了最无所谓的一个人。

池遇对着对面的许召南大吐不快。

不过也算是把请他吃饭这件事给落实了。许召南靠在椅子上,半眷着眼皮看着她:"你究竟是在意名次,还是在意他?"

池遇大概又喝多了，胡乱说："拿到名次才可以有出国的名额啊，那样……才可以跟他走呢。"

许召南眯了眯眼睛："你不觉得没有名额，他也会带你走？"

同为男人，他最开始看到陆择深的时候，并不觉得陆择深看池遇的那种眼神是喜欢。可是那天晚上就不一样了，眼里有着分明的占有欲与不动声色地宣示着主权。

许召南一向与世无争，就想争池遇这一个例外，却没想到从一开始他就输了，输给了陆择深。

许召南从来不承认陆择深有什么优势，可现在许召南承认陆择深唯一的优势不过是池遇喜欢他。

"那不一样。"池遇说，"没有名额，我就不走了，我要一直等到自己有足够的实力站在他身边才可以。现在出国，他身边全是那些音乐家啊指挥家，就我一个人没身份没地位，多丢人啊。"

"你想得倒是挺远的。"

两人简单吃完了饭。出去的时候池遇找不到北，许召南微抚着她说："唐果待会儿过来，送你回去。"

"那你呢？"池遇迷迷糊糊地问。

"我？"许召南笑了笑，"我有最后一个问题。"

"什么？"池遇似乎已经看见了从马路对面跑过来的唐果。

然后，她听见许召南的声音，他说："为什么喜欢他？"

池遇想也没想，说："因为他是陆择深啊，池遇喜欢陆择深，是爱情。"

"油腻。"许召南推开她。

池遇没站稳，晃了晃才看清另外一边餐厅出来的人，是陆择深，旁边那个女生……

池遇记得她，神乐比赛拿第一的那个女孩。

她也不知道自己为什么连曲子都没记住，却记住了那个女孩的样子，现在看来，大概是那个女孩身上有和陆择深一样的东西吧。

光彩照人。

许召南注意到她的表情，顺着她的视线看过去，然后皱眉："不是醉了，这么远都看得清？"

"许召南，你别说话，我刚刚还一本正经赞美爱情，现在你再问我一次，我可能就不是那个答案了。"

"没有再问一次了。"许召南拉着她往另外一边走，"反正你也习惯了，他们是一类人，站在一起很正常。你当初拼命想挤进去，现在也已经踏进去一只脚了，没法收回来。"

"可是我难过啊。"池遇跟在后面，心里像被刀子划过一样，"每次我男朋友和别的女孩子站在一起，我的心里就只有一个想法，为什么他们站在一起那么登对？他们是不是才应该在一起？"

许召南停下来，回头看她，好久才说："那是因为你没有看到自己和他站在一起的样子。池遇，正是因为我从来没有见过那样的你，又想留住那样的你，所以我没办法了，只能让你在他身边。"

"你说什么……"

"好话不多说。"

许召南又冷又酷地转身离开，池遇这才注意到他的头发，之前发根冒出的一点黑色又被染了回去，纯粹的金色，耀眼而又明亮。

02.

池遇是从陆老那里听到消息的。她一起床就看见陆老楼上楼下来回跑。

池遇叫住他："你不累吗？"

陆老瞪着她，没好气："那小子想带走你，我是不会让他得逞的。"

说起这个池遇就有些失落，她说："我不跟他走，我就在这里陪你。"

"不跟我走？"陆择深的声音从门口传来。

池遇惊起一身冷汗，为什么总有这么巧的事情？

池遇回过头："你不是出去了吗？"

陆择深走过来，目光紧紧锁着她："我出去了，就不要我了？"

"没……没有啊……"池遇有些结巴，"反正我们也异国恋过了，你等等我，我明年再参加比赛，拿到名额就去找你了。"

"等不了了。"陆择深说着，递过来一封函件，"学校也没法等了。"

"这是什么？"池遇颤颤巍巍地接过来，"这是……意大利音乐学院的通知书？"

怎么会？！池遇有些不敢相信："不是说只有第一名可以拿到录取名额吗？"

"第一名本来就是他们学校的学生。"陆择深没想到纪翘居然真的会找人过来截和。

不过他也有些意外,为什么本来应该取消的名额会分到池遇这里来?

他看着眼前高兴坏了的小姑娘,大概傻人有傻福吧。

"难道是……"池遇没察觉到陆择深正觉得她傻这件事,自顾自地想起什么来。难道昨天晚上陆择深见那个女孩子,是为了让她把名额让出来?

难道陆择深出卖了色相?

应该不可能啊。池遇顿了顿,没有问出来,她把通知书抱在怀里,咬咬牙,一脸坚定地说:"我会努力的。"

既然你无论如何也肯相信我,那么我一定会努力,成为你身边最耀眼的那个我。

陆老在旁边看了好一会儿,不知道从哪里拎了个大箱子出来,费了一番力气扔过来,说:"走吧,走吧,都走吧,走了就别回来了,我这里两个人住不下,三个人还有空。"

池遇笑,跑过去抱住陆老:"爷爷,谢谢你啊。"

"是是是,谢谢我,谢谢我养了个这么好的孙子送给你,那你什么时候养个重孙给我玩玩?"

池遇走得很急,第二天就从迟川那边把自己的护照什么的全要了过来。

迟川也没想到自己妹妹居然进展这么快，格外不舍，可是脸上依然无所谓："想清楚了？"

"嗯。"

"一个人跑去那边，要是他欺负你呢？"迟川反反复复编排陆择深的坏话，可是看着池遇一脸幸福的傻样最后也只是叹了口气，说了一句好话，"池小鱼，有件事得跟你说一下，免得你误会他。"

"什么。"

"陆择深同父异母的弟弟前段时间生病，是纪翘捐了骨髓，所以陆择深前段时间可能有些……"

"果然是这样。"池遇依旧甜甜地笑着，倒是把迟川吓了一跳："你知道？"

"其实也不完全知道，但是有关他的事情，我都会想办法去了解一下，综合所有信息想一想，也就能猜出一个大概了。毕竟，我喜欢他可不是闹着玩的。"

迟川问："你还知道什么？"

池遇想了想："还知道你和他是怎么认识的。"

迟川眯了眯眼睛，意味深长的表情，说："所以你早就认识陆择深了，比十六岁那年还早？"

池遇不置可否。

迟川揉她的头："池小鱼，我现在才发现，原来是我和陆择深两个人被你套路了。"

"嘿嘿……"

03.

池遇走的那天,许召南没有去送她。

唐果在学校的天台上找到他的时候,他正坐在那里吹口琴,她记得第一次见他的时候也是这样,白色的衬衣,风里的口琴少年,那是多久以前的事情呢?

好像喜欢一个人的时候,日子就会被拉得无限漫长。她记不清了。

唐果走过去,坐下来,问:"不要了?"

许召南没说话。

唐果仰着头迎着风,像是喃喃自语般:"池遇的名额是你的。"

神乐比赛的第一名的确是能获得意大利音乐学院的录取资格,可是今年的第一名本身就是他们学校的人。

照今年这种意外情况,这个保送名额是会作废的。

可是在座的评委刚好有一个钢琴系的女教授,即便所有人都对池遇的琴技赞不绝口,但她还是一眼就相中了许召南。

经评委会一致决定,这个名额移到那位弹钢琴的少年身上。

很可笑吧,明明是小提琴比赛,他们却找上了许召南。

那位女教授说:"你的琴艺很像我的一位故人。不过不知道他现在怎么样了。"

许召南笑笑,池遇说,她的爸爸是菠萝油王子,他抛妻弃子,背井离乡,去寻找他的王国。而他现在终于看见池老师的王国在哪里了。

许召南拒绝了她的请求,他说:"这是小提琴比赛。"

转身离开前，他对着女教授无比郑重地说："那个女孩会带给你意想不到的惊喜。"

说白了，许召南将自己的名额让给了池遇。

唐果觉得有些难受，她看着许召南不知道什么时候染回来的头发，其实他本来就是这个样子，沉默寡言，喜欢独处，坐在角落里敛尽自己所有的锋芒。

可是池遇在的那段时间，她却看到了另外一个闪闪发光的许召南，那是她这辈子都只能远观的宝物。

只是他拼了命地努力，最后什么也没有得到。

"去那里学音乐，也是你的梦想吧。"唐果说，"我知道你因为池老师的关系很想去那里，可是明明机会已经到手了……"

"不是。"许召南终于开口了，他站起来往回走，没有说出口的话就这样悄无声息地隐匿了。

我的梦想不过是她而已。

唐果看着他的背影，不知道什么时候哭了出来。

怎么办？许召南，从今以后，你要怎么办呢？

很久很久以后，唐果在网上碰到池遇，那些没有说出口的话终于从屏幕上传了过去。

她问："你知道许召南是你爸爸的学生吗？"

过了很久，唐果才看见屏幕上出现的黑字："知道啊。"

池遇从一开始就知道的，许召南的出现从来都不是巧合，他给她一个乐团,送她一个美梦,让她终于迈出第一步,都是预谋好了的。

在钢琴教室门口摔倒时,捡到的口琴,她其实有一把一模一样的。

那是她爸爸走的时候,悄悄送给她的,那把口琴上刻着"大王子"。

而她爸爸则拿着另一把口琴,上面刻着"大小姐"。

爸爸说:"我的大小姐,以后我们就靠这个相认了啊。"

这句话,池遇一直都记得。

唐果沉默了,不知道该说些什么。

许久后,屏幕上又出现一句话。

池遇说:"所以许召南,他是一个又温柔又快乐的王子。"

04.

池遇到意大利一个月后才看到纪翘。

纪翘似乎已经恢复得差不多了,陆择深带上她和纪翘吃饭。

席间,纪翘也不怎么说话,只是走的时候,眼神格外专注地看着陆择深。池遇很自觉地想给他俩留下单独说话的空间,却被陆择深一把拉住。

纪翘笑了声,也没想再避讳了,她说:"你确定下个月的指挥比赛可以打败你弟弟?"

池遇在一旁低着头拿鞋蹭着地面,纪翘的意思很明显了,就是陆择深钦点的她,作为首席小提琴却名不见经传,完全让人没什么期待。

可是她来这里的一个月除了准备办入学手续之类的,其他时候真的一直在练琴啊,甚至有一次半夜惊醒,还想着另一个手法是不是更好一点。

池遇想跑,陆择深握着她的手,他对纪翘说:"不管是她,还是比赛,都是我决定的,决定了就是一辈子的事情。"

纪翘笑了笑,没有再说什么,转身的时候,她感觉比躺在手术台上的那一瞬间还要累。

陆择深侧过头来看她:"你为什么总想着要跑?"

"啊,有吗?"池遇装傻。

"有,每天追你都很辛苦。"陆择深一本正经,拉着她往前走。

池遇跟在后面:"你哪有在追我?"

"那你现在说说,心里在想什么?"

"纪翘真好看。"

"嗯。"

"她见过你的家人,我没有。"池遇一边说,一边看陆择深的侧脸,"而且她的琴弓和你的指挥杆还是同款。"

"还有呢?"陆择深停在一家店的橱窗前,又问了一遍,"确定没有了?"

"没有……"

"首先关于指挥棒。"陆择深说,"我们是一个老师教出来的,指挥棒和小提琴是老师送的礼物,跟其他无关。"

"可是谁看了都会觉得你们是一对啊!"池遇想狡辩,陆择深却抬起她的手。

她感觉指间微凉,是一枚戒指,简单的圆环,却紧紧地套在她的右手无名指上，和他手上的一模一样。

陆择深说："指挥棒我也不会总是戴在身上吧，可是这个就不一样了。"他重新握住她的手，"戒指，我会一直戴。"

"至于家人……"陆择深环着她转过来，正对着眼前的橱窗，池遇看着镜子里自己和他靠在一起的身影，听见了世上最好听的话。

他说："你见过她的，正式介绍一下，这是我的妻子，池遇。"

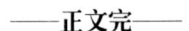

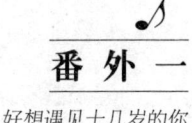

番外一
好想遇见十几岁的你

池遇对于陆择深没有参加她的大学毕业典礼这件事一直耿耿于怀。

最可气的是,研究生毕业的这一天,又刚好撞上他的演出,所以她又是全程一个人看着别人出双入对的状态。

不过她不怕,她有婚姻保障。

池遇坐在金碧辉煌的演奏厅。

台上燕尾服的年轻指挥家鞠躬,谢幕,紧接着就是下一场了。

池遇正想着要不要偷偷溜出去找陆择深,却被舞台上忽然亮起来的灯光刺花了眼,一时之间耳边此起彼伏的掌声越来越热烈。

她定了定神,才看清幕布已经缓缓拉开,不知名的乐团凌厉的气势仿佛能从那道窄窄的缝隙里钻出来。

然后她就看见了陆择深,万千观众里,万千道交汇的目光,却有准确无误的一次对视,他穿着剪裁得体的西装,目光深邃,不苟言笑。可是池遇分明能看出来他目光里的绵绵情意。

原来是这样啊,早上说要参加的演奏会。

池遇眼眶有点润湿的感觉。她看着他手里的指挥棒,那是她送给他的生日礼物,冬青木的材质,上面还有她亲自刻上去的一个吉祥物——麦兜。

她还记得当时陆择深看见的时候只是隐隐皱了下眉头,说别闹。

也是,谁会在演奏会这种正统而严肃的场合用这种幼儿玩物一样的东西。池遇作罢,收了回来,后来也不知道扔哪里了。

可是却没想到,原来一直都在他那里。

掌声渐停,音乐声起。

池遇的目光追随着他手里的指挥棒,却忽然分了神,想起哈利波特手中的那支魔杖来,耳边出现一道淡淡的呢喃,*Legilimens*。

忽然,白光一现,眼前浮动的空气变成了旋转的暴风,而她站在风眼,任凭身边如何狂风呼啸,自己也能安然不动。

可是,风要带着她去哪里呢?

一直等到耳边的呼啸渐渐平静下来的时候,池遇才缓缓睁开眼。

这是哪里?

演奏会呢?

陆择深呢?

池遇来到了一个完全陌生的地方,可是仔细看了看,又不觉得陌生,这条街她来过……

池遇正觉得奇怪,却听见了一道声音:"快跑!"

然后是一个男孩子拉着一个小姑娘从巷子里跑出来,气喘吁吁地停在她的面前。

"我说你怎么这么笨呢!"男孩大概十三岁的样子,教训起人来却毫不含糊,"她打你你就跑啊,站在那里什么意思,让她打死你吗?"

女孩子只有七八岁,低着头泫然欲泣,声音闷闷的,说:"我妈妈才不会打死我。"

"要不你再回去,站那儿别动看她能不能打死你。"

池遇觉得这小男孩说起话来,怎么这么欠打呢,正想上去教训男孩子一下,却看见马路对面的一群人。

几个身形高大戴着大金链子的学生正围着什么,脸上故作凶神恶煞,口中还骂着一些不堪入耳的字眼。

池遇透过人缝看了眼,才看清楚被围着的是一个男生,他低着头看不清样子,周身却有一种说不出来的气息,阴鸷而冷漠,丝毫不畏惧周围的混混,甚至是根本就不在意。

女孩子怯怯地喊了声:"哥哥……那边……"

哥哥随后看过去,小小的少年眉头一皱,说:"怎么到处都是挨打不知道要跑的笨蛋,你们难道都觉得挨打要站好?"

"因为……不敢跑……"

哥哥叹了口气,用极其无奈的眼神看了看自己妹妹,又看着那边的欺凌,说:"这样,待会儿我过去,先吸引那群人的注意力,然后你把他救出来。"

"怎么救？"小姑娘胆子小，声音软软糯糯的，像一个团子，根本就不是能救人的样子。

"就是拉着他跑啊！"哥哥喊了句，匆忙穿过马路，"谁准你们在我的地盘撒野的？镜子是个好东西，建议你们照照看自己够不够格来到这条街！"

"……"池遇想拦也拦不住，那边眨眼间已经扭打起来。

而小姑娘看起来似乎还在和自己做斗争，到底是站在这里哭呢，还是冲进去呢？

最终，她选择了后者，咬着牙钻进人群里，不一会儿从一堆人里拽出一个人来，拉着他一直跑一直跑。

那个时候的巷子很长，脚下还是花石板的路，偶尔踩空会有积水溅起来，两边是灰白色的屋墙，走几步就有一盏路灯。

小姑娘不知道自己跑了多久，只知道他们停下来的时候，路灯都亮起来了。

池遇也是一路跟过去的，她看着他们奔跑，每路过一个巷子口便有一盏灯被点亮，像是星光不小心落进了灯罩里。

池遇有些愣神。这时小姑娘"哇"的一声便哭了："你……你不是哥哥……"

池遇好笑，她现在才看清自己拉着的不是自己的哥哥吗？不过池遇也是现在才看清那个男孩子的模样，很瘦很高，皮肤很白，十几岁的年纪已经长成少年最清隽的模样。

男生看着眼前哭泣的小姑娘似乎也觉得不解。

也是，明明是她拖着他跑的。

他微微皱了皱眉，问："你几岁？"

"八岁……"

"我十五岁，还是哥哥。"

"你不是。"小姑娘狡辩。

男生又问："那你为什么拉着我跑？"

小姑娘想了想，说："因为他们欺负你。"

见男生没回，小姑娘又接着说："我哥哥说，挨打就要跑。"

男生叹气，过了好久，缓缓地说："你看错了，是我在欺负他们。"

小姑娘这下子犹豫了，拉着他的衣角，说："那你能带我去找我哥哥吗？"

"我不认识你哥哥。"

"我认识。"小姑娘看着眼前这个比她哥哥还要好看一点的哥哥，"比你矮一点比你丑一点。"

她又说："我一定要找到哥哥，不然的话，我就没有人要了。"

"只有哥哥才会要我。"小姑娘又强调了一遍。

男生叹气，由着她拉着自己的衣角往前走。

小姑娘没走两步便看见了鼻青脸肿，分不清样子的哥哥，她大概没认出来，往男生身后躲了躲。

"不是他吗？"

"……"女孩子犹豫很久说，"是。"然后走了过去。

走了几步后，女孩子又回过头来，问："他没你好看了，所以你可以当我哥哥吗?"

"不可以。"

池遇躲在后面忍着没笑出来,十几岁的少年怎么对小姑娘这么冷漠呢,真是一个无趣又骄傲的人啊。

她看着两个少年说了什么,小姑娘一直在旁边偷偷看好看的那一个。

就像是《麦兜》里的蟹排小子遇到了落魄的菠萝油王子,送了他自己仅剩的一块蟹排,于是他们成了很好的朋友。

池遇想,这两个人大概也是吧。

她看着小姑娘万分不情愿地被拖走,又看着向另一个方向走掉的少年。

他似乎能融进黑夜,却有掩不住的光。

原来从很久很久以前,你就在我的路上。

她终于开口,叫他:"陆择深。"

少年回过头,皱眉的样子和现在一模一样。

池遇笑问:"你觉得刚刚那个小姑娘,她怎么样?"

少年不喜欢说话,可是看了她好久,却开口了,说:"笨。"

Legilimens 是摄神取念的意思,池遇看见了陆择深的记忆里最早的关于自己的那一部分,那里面有她还没有来得及遇见的十几岁的他。

原来不管什么时候遇见,那个人刚好都是她喜欢的样子。

池遇看着舞台上的陆择深放下指挥棒，最后一阵和弦的颤音消散在空气里。

在掌声来临之前，他回过身来，凝聚了所有的目光，缓缓开口，用流利的意大利语说："谨以此曲，送给我的妻子。"

这首曲子是陆择深为她所作，署名 C&L《重叠的乐章》。

池遇听着他的声音，全世界那么多种语言，独独想听懂你说话。

所以你看吧，为你做出的决定从来都是正确的方向，你总是让我知道我在正确的路上。

演奏会结束后，池遇迫不及待地找到陆择深，人差不多都走光了的时候，他刚好从音乐厅出来。

陆择深微微张手，池遇扑过去。

"毕业快乐。"陆择深在她耳边轻声说。

池遇感动到说不出话来。

陆择深只好无奈地揉着她后脑勺的头发，问："今天有什么愿望吗？"

池遇直到慢慢哽咽完才说："刚才好像遇见十几岁的你，现在不一样了……"

"现在呢？"

"现在想和余生的你一直在一起。"

番 外 二

风吹柳絮，茫茫难聚

"许召南，她终于是他的首席小提琴了。"

"许召南，她要结婚了。"

"许召南，他们回国了。"

有关她的所有消息，许召南都是在唐果发过来的短信上看到的。最后一条是昨天晚上发过来的，唐果问："许召南，她明天举行婚礼，你要去吗？"

许召南昨晚玩了一晚上游戏，没睡好，被吵醒也烦得不行，索性将手机从二楼扔了出去，惊起外面一阵叽叽喳喳的鸟叫声。

他坐起来，揉了揉乱糟糟的短发，已经不是黄色了。以前的头发很难打理，长出一点黑色总要再去染一次，很麻烦，所以后来就全剪了。

头发剪剪长长，恍然间才发现原来他的大小姐已经走了这么久了。

外面春意盎然，他走到窗边，管家悉心打理的花圃被他砸出一个坑。

门口有人敲门，问："先生，手机我就放在门口了。"

是，他身世不错，许家的小少爷，可能"私生子"三个字更贴切一点。所以小时候没怎么好过，近几年才拿回属于自己的东西，不过这都是无所谓的事情。

他真正无法释怀的，想来想去还是她。

许召南一直在想，不管怎样，他也一直是别人眼里心高气傲的大少爷。可是在学校里第一次见到她的那个时候，他却一直在想，要怎样出现才不会吓到她。

但是他的大小姐，他还是吓到她了吧。

她那个时候躲在教室门口偷偷看他，然后落荒而逃的样子，许召南一直没有来得及问她为什么要逃。

他不知道该怎么办，只能处心积虑地出现在她的周围。唐果说得没错，染黄的头发，故意落水，组建的乐团。

因为太过小心翼翼，所以不知道到底怎样存在于她的生活里。

现在想想，真的很傻，特别傻。

许召南给自己倒了杯咖啡，来到书房。

他大概没办法去她的婚礼了，所以怎么办才好，写封信吧。

许召南坐了很久才拿起笔，可是笔尖在纸上洇开一道墨印他也没能写出一个字来。

写什么呢？想说什么呢？

祝福？

肯定是要祝福的。可是还有些话，许召南大概一辈子也不会对她说了。

比如，池遇，为什么是他？

许召南以前听唐果讲过一个故事，她说女孩子的父亲救了男孩子，后来男孩遇到了女孩，他们灵魂交换，他们最终在一起。

那应该是个童话吧，不是因为灵魂交换几个字，而是，他们和故事里一样，明明有着相同的开始，现实的结局却是女孩嫁给了别人。

为什么呢？因为那个人总是恰好出现在她身边。

那他呢？

是不是"恰好出现"比"一直都在"几个字要更让人觉得美好？

他不知道这些东西对于女孩的意义是什么。

可是怎么办，他很难过，也很爱她。相比之下，爱她可能要多一点，所以事到如今，他只能祝福。

他不能打电话，不能见她，不能给她敬酒，即便是写一句装作无所谓的祝福，也觉得不甘心。

他不知道什么时候才会释怀，总之不是现在。

因为现在，他很想她。

书房里弥漫着浓郁的咖啡香味，杯子却已经见空了。

许召南靠在椅子上，长吁一口气，然后站起来走到窗边拉开窗帘，阳光一下子倾斜而入，这下又觉得刺眼了。

要不送首曲子吧。

许召南忽然想到了以前在学校和她合奏过的《卡农》,那个时候他以为这是他和她之间的故事,可现在,他不得不把这首曲子送给她和那个人了。

他一直没有对池遇说的那首曲子,是三把小提琴和巴松管创作的卡农和吉格,一个声部的曲调自始至终追逐着另一声部,直到最后的一个小结,最后的一个和弦,它们都会融合在一起,永不分离。

就像池遇很喜欢的那首《你的扣肉》里唱到的——爱你是一生一世,愿能跟你共扣着度余生。

而他?许召南想明白了。

爱似飞花柳絮,愿能紧扣伴你共度余生。

但,唯愿而已。

祝你和他,余生袅袅岁月长。

祝桑榆写给好朋友木当当的文档

嘿,看完别走。

悄悄告诉你们一个秘密啊,我有一个好朋友,叫木当当。她有一个故事,叫《繁花如故,百岁无忧》。

这是一个大魔王和小妖精的故事哦。详细点就是一个自以为是大魔王的小妖精,和一个被当作小妖精的大魔王。

哎,有点晕。

总之是一个千年前的缘,结成如今的结。

大魔王林修为了追我们的小妖精叶袭桑,被封印千年。醒来的时候,叶袭桑肯定是不记得他啦,不记得就算了,还毫不留情地要嫁给别人。

虐不虐！不虐啦，林修心理素质超棒的。叶袭桑也就说说而已。
于是这一对就是——
小妖精叶袭桑：你尽管追，反正我要嫁给顾时溯。
大魔王林修：你嫁，反正你终归是我的妻子。
喂，大魔王你很有自信嘛。

不过我最喜欢故事里的一个大小姐——木萄。没别的原因，就是她有钱（假的啦）。
不过她和顾时溯真的超级萌啊。
想一想啊，顾时溯一个科学家，可以说是非常书呆子了，而这位木萄小姐追起书呆子来也毫不含糊。
一个字，砸钱。
两个字，舍命。
真的喜欢木萄这样的小姑娘啊，喜欢上了就一直喜欢，多少更好的都千金不换。

对了，悄悄地说，科学家顾时溯和大魔王林修这对……怎么说呢？顾时溯也不是一直不开窍的嘛！
怪只能怪林修有魅力对不对！

哈哈哈……多的就不讲啦，总之呢，我站木（木萄）叶（叶袭桑）这对cp！不接受反驳！

图书在版编目（CIP）数据

但听花闻 / 祝桑榆著. -- 贵阳：贵州人民出版社，2017.6（2020.1重印）
ISBN 978-7-221-14117-0

Ⅰ.①但… Ⅱ.①祝… Ⅲ.①言情小说—中国—当代
Ⅳ.①I247.5

中国版本图书馆CIP数据核字(2017)第078619号

但听花闻

祝桑榆 著

出 版 人	苏 桦
出版统筹	陈继光
选题策划	欧雅婷
责任编辑	唐 博
特约编辑	雁 痕
封面设计	刘 艳
内页设计	米 籽
出版发行	贵州人民出版社（贵阳市观山湖区会展东路SOHO办公区A座 邮编：550081）
印 刷	三河市华东印刷有限公司
开 本	880×1230毫米 1/32
字 数	176千字
印 张	8
版 次	2017年6月第1版
印 次	2017年6月第1次印刷 2020年1月第2次印刷
书 号	ISBN 978-7-221-14117-0
定 价	35.00元

贵州人民出版社微信

版权所有 盗版必究。举报电话：策划部0851-86828640
本书如有印装问题，请与印刷厂联系调换。联系电话：0731-82755298